LE VOYAGE IMMOBILE

Pascale van Schendel

LE VOYAGE IMMOBILE

© 2025 Pascale van Schendel
Édition : BoD · Books on Demand, 31 avenue Saint-Rémy, 57600 Forbach, bod@bod.fr

Impression : Libri Plureos GmbH, Friedensallee 273, 22763 Hamburg (Allemagne)

Illustration : © Florence Verrier

ISBN : 978-2-3225-7330-1
Dépôt légal : mars 2025

Après avoir exploré mes racines dans « La Blessure du Roi Pêcheur », après avoir dialogué avec celle-que-j'étais dans « Eveils maritimes », il me reste à dire qui je suis. Qui je suis devenue, qui je suis en train de devenir.

C'est un chemin de quatre ans que je transmets ici, dans une langue qui tient du journal intime, de la poésie et des pensées.

C'est un voyage vers la lumière, à travers l'ombre.
Un voyage immobile.

PLONGEE SOUS-MARINE

Tout commence par un arrêt, brutal.

Je ne suis plus capable de rien faire. Impossible de parler sans pleurer. Je ne supporte plus rien, les bruits, les odeurs, les couleurs, tout m'agresse.

Je ne suis plus capable de rien faire, plus capable de réfléchir. J'oublie tout.

Mon corps ne m'obéit plus, il refuse de se soumettre encore à ma volonté, à mes envies et à mes enthousiasmes. Je suis clouée au sol, pétrifiée, vidée de toute énergie.

Brulée de l'intérieur.

J'ai vécu cette mort-là. La fin d'une vie, l'arrêt d'un métier que j'aimais. La fin des illusions.

Une mort pour une renaissance.

Chers élèves,

Je suis absente depuis deux semaines, et vous vous inquiétez de savoir quand auront lieu les interrogations pour lesquelles vous avez étudié. Vous voulez être sûrs que j'ai bien reçu les devoirs que vous avez terminés. Vous m'envoyez des messages pressants, vous voulez savoir.

Et je ne sais pas quoi vous répondre. Je suis là, mais déjà si loin. Je ne sais pas si je reviendrai un jour à l'école. Je suis partie en voyage à l'intérieur de moi-même.

Si je pouvais, je vous raconterais tout ce que j'ai voulu vous dire, vous montrer, vous faire sentir. Je voulais faire grandir votre âme, au moins autant que votre esprit.

Vous pensez points, bulletins, examens, et c'est ce qu'on vous a dit être important. Alors que ce qui est important, c'est chacune de vos personnes. C'est l'éclat que je vois briller dans le regard de certains. C'est l'émotion que nous pouvons partager. C'est la découverte d'autrui pour revenir à soi.

J'ai encore tant à vous dire, et j'aimerais l'écrire, parce que c'est un langage qui m'est plus familier.

Méditation

Mes pensées sont comme des chevaux sauvages, libres, rapides, puissants.
J'essaye de les regarder passer.

Ils galopent en tous sens, à toute vitesse.
Je ne résiste pas, je grimpe sur leur dos, je m'agrippe à leur crinière.
Ils peuvent m'emmener très loin.
J'oublie tout.

Mais une petite voix me rappelle l'exercice.
Alors je me glisse doucement à terre, je les regarde s'éloigner.
Jusqu'à ce qu'un autre m'emmène, sans que je puisse résister.

J'essaye de regarder passer les chevaux sauvages.

Le Rouge-Cloitre

Assise sur un banc, je laisse la douce chaleur du soleil me bercer. Je suis là, tranquille, à regarder les canards sur l'étang. Je suis comme hypnotisée : ils nagent doucement, plongent, se frottent les ailes avec leur bec. Ou dorment, tout simplement. Ils mènent leur vie selon leur envie du moment : aucune prise de tête, aucune hâte, aucun stress.

C'est comme une révélation : « La vie est là, simple et tranquille »…

Il y en a de toutes sortes : je reconnais évidemment le colvert, si beau et si parfait. Comment la Nature peut-elle reproduire un habit aussi net et précis, aussi éclatant ? A côté de lui, la femelle, au plumage discret, dans les tons bruns. Ces canards vont toujours par deux, c'est impressionnant.
Mais d'autres canards m'intriguent : ils sont si étranges, avec leur tête rousse ou cette tache blanche au-dessus du bec ! Ils ont l'air de venir d'horizons lointains.

La forêt autour de nous bruisse tranquillement.

Les arbres vivent dans une autre temporalité.

Et pourtant, j'entends le bruit de l'autoroute, toute proche. Les voitures passent loin devant moi, cachées par les arbres. Mais de temps en temps un éclat métallique attire mon œil. Quel contraste !

En avant-plan, les canards si tranquilles.

En arrière-plan, les moteurs projetés en avant.

Et je les connais ! Il m'arrive souvent d'emprunter cette autoroute. Je suis alors un conducteur comme les autres, focalisé sur son point d'arrivée. La maison est si proche ! Il m'arrive même parfois d'accélérer pour arriver plus vite. Nous sommes alors comme des flèches propulsées par un arc, ne vivant que pour la cible.

Sans aucune pensée pour le moment présent.

Sans un regard pour les arbres et l'étang invisible.

Mais aujourd'hui je suis sur mon banc. Le soleil me réchauffe et je regarde les canards. Les voitures passent au loin, sans moi.

Le temps s'écoule doucement au pied des arbres centenaires.

Méditation

Ma vie comme un grand disque, qui s'agite en tous sens.
Plus je m'éloigne du centre, plus je me perds.
Il m'arrive même de ne plus savoir où est le centre.

Méditer, c'est rester immobile, au centre.
Regarder ma vie tout autour, et la contempler, sans bouger.
Découvrir une nouvelle dimension, en profondeur : plonger à l'intérieur de moi, découvrir mon âme.
Ressentir l'amour des autres.

C'est là ma maison, mon axe, auquel il me faut revenir.

Pour, plus tard, repartir à l'aventure, en sachant où est le centre.

Jouer la musique de ma vie.

Mon mental s'adapte, il dit : « ok, j'ai compris », et il recrée un nouvel ordre du monde.

Il sait que la conscience est là, mais c'est encore lui qui parle de la conscience.

Il faudra plonger encore plus profond, se taire plus longtemps, pour entendre la conscience pure.

Le bonheur

« Mon Dieu, mon Dieu, la vie est là,
Simple et tranquille. »

Verlaine découvre la paix en prison, et regrette ses erreurs passées.

Seule dans les dunes, face à la mer, ses vers me reviennent, suite à la méditation sur le bonheur de Christophe André. « Le bonheur était là, mais je ne le voyais pas ». La source de vie se trouve à l'intérieur, pas dans les sollicitations extérieures, et c'est dans la solitude qu'on peut la contempler.

C'est doux, c'est rond et c'est chaud ; ça n'a pas de mots.

Méditation

Comme un animal dans une pièce, ouverte sur le monde par une porte et des fenêtres.

Les bruits arrivent de l'extérieur, beaucoup de sollicitations aussi.

Envie de bouger, de regarder par la fenêtre, voire de sortir par la porte.

Bouger, bouger, dans la pièce, attirée par ce qui se passe à l'extérieur.

Pourtant, à l'intérieur brûle un feu, chaud et réconfortant.

S'allonger près du feu, profiter de sa chaleur, en entendant toujours les bruits du monde, mais sans y réagir.

Sentir la chaleur du feu.

Respirer doucement, sans s'assoupir.

Se fondre dans le feu. N'être plus que présence.

Au-delà de l'abime

Quelques gestes de qi gong, quelques étirements de yoga, puis une petite méditation. La douce musique de la nature, et me vient une énorme compassion envers moi-même.

Adolescente, j'ai été effrayée par l'abime du vertige existentiel, et il y avait de quoi. En Occident, nous ne cherchons le sens de la vie (et de la mort) qu'en utilisant notre raison. C'est le travail de la philosophie, et depuis les Grecs, on tourne en rond. On ne connaît que cela. Seuls les mystiques et les fous se rapprochent de l'essentiel. En découvrant le surréalisme, j'ai entrouvert les yeux, et vu l'abime. Le danger, c'est que j'étais seule et ignorante.

Et pourtant, tout est là, il suffit de le voir. De l'écouter. De le sentir. Mais pour cela, il faut faire taire le mental, cette raison qui nous trompe si souvent.

Je ne connaissais pas tout cela. Sans ma raison, il n'y avait plus rien. Que l'immensité terrifiante du néant. Un vertige sans nom, dont il valait mieux détourner les yeux.

Pauvre de moi.

J'avais peut-être une prédisposition à l'intuition, et ceux qui sont des rationnels purs peuvent ne pas me comprendre.

Aujourd'hui je me comprends. Même si ce « je » n'a pas beaucoup de sens, il est utile pour traduire ce que ma conscience ressent. Il essaye de mettre des mots sur l'indicible.

C'est une paix immense qui se déploie en moi. Il n'y a pas de mots pour le dire.

J'aurais tant aimé pouvoir expliquer tout cela à Maman, qui était terrifiée à l'idée de mourir.

J'aime à penser que c'est grâce à elle que je suis maintenant capable de ressentir tout cela. C'est elle qui me remplit d'Amour, à travers sa mort. Ma conscience communique avec son âme, quand je renonce au « je », quand j'accepte de lâcher prise. Je ressens son Amour, qui me remplit de paix.

Je ressens une immense gratitude.

Méditation

Je lance le chronomètre sur vingt minutes, je ferme les yeux. Assise, tranquille, le temps n'existe plus.

Je sais que je m'octroie vingt minutes. Je suis en paix, cet espace est un cadeau que je me fais.

Mais, dans cet espace, le temps n'existe plus : il n'y a plus de repère, pas de minutes qui passent. C'est une étendue neutre, sans couleur, sans aucun son. Juste le bruit de mon sang qui bat dans mes oreilles.

Le mental s'agite, a peut-être un peu peur. Il voudrait faire des choses, savoir combien de temps il reste. Il est impatient, ne tient pas tranquille.

Mais il finit toujours par se calmer, comme un chien fou qui se roulerait en boule, poserait sa tête sur ses pattes.

Alors il peut ressentir la douceur, la douce chaleur de la bienveillance.

Le temps n'existe plus, pendant vingt minutes.

Méditation

Je ferme les yeux, et je visualise le visage aimé, son regard, son sourire.

Doucement, je me rappelle de gestes, de paroles, de situations.

Son amour pour moi me réchauffe le cœur, je m'abandonne doucement à cette chaleur, à cette tendresse.

Je ressens un grand apaisement intérieur.

Cette chaleur que je ressens en moi, je la garderai tout à l'heure, et je pourrais m'y réchauffer à nouveau quand je me sentirai seule, triste.

Cet amour qui m'enveloppe me berce doucement, et ce que je ressens, maintenant, c'est une immense gratitude pour tout ce qui m'a été donné.

Et je me sens prête à irradier cette chaleur, cet amour autour de moi.

Ma mère, je la garde comme un trésor qui m'illumine de l'intérieur. Je ne me sens plus seule. Elle me guide, elle me regarde avec douceur, elle me parle même parfois. Je n'ai plus besoin des conversations que nous ne pourrons plus avoir : elle est désormais en moi, elle fait partie de moi.

Mystique

Ma vérité à moi, c'est cette mise en perspective du « moi », voire son anéantissement. La certitude intérieure d'une transcendance, mais je ne peux affirmer qu'elle est liée à un Dieu extérieur. Je ressens l'infini en moi, qui me relie aux autres. Je me sens capable de ressentir une souffrance d'autrui, même dans un temps passé. Cette conscience élargie me permet de communier avec autrui, mais je dois reconnaître que cette communion – qui procure une joie sans pareille – n'anéantit pas totalement ma personne, qui semble tout de même exister depuis cinquante-cinq ans.

Cette personne souhaite exprimer ces expériences incroyables, par l'écriture, parce que c'est le seul moyen qui lui est naturel. Je ressens maintenant l'urgence de témoigner d'une expérience qu'on pourrait appeler mystique, qui m'est propre, mais qui est en même temps universelle. Je n'ai trouvé dans aucune religion, aucune philosophie, la parfaite adéquation à ce que je ressens. Je me donne donc dorénavant le droit d'en témoigner, en toute humilité.

Qu'est-ce qui m'importe ?

Le mystère, l'indicible. Donc la poésie, l'art. Il y a là un infini qui m'appelle, qui me nourrit. Et l'écriture, quand elle se fait fluide, quand elle va plus vite que ma pensée, quand elle suscite ma pensée. D'où la nécessité d'écrire très vite, sans trop réfléchir, les mots viennent tout seuls. J'ai acquis une certaine habitude du clavier, j'ai maintenant beaucoup de plaisir à faire voler mes doigts au-dessus des touches.

La lecture, évidemment. Elle me sort de moi-même, me fait vivre de multiples vies. Mais j'ai surtout beaucoup de plaisir à entendre les mots, je lis en les entendant, donc je lis lentement. Le style est essentiel. J'aime Flaubert par-dessus tout : « un livre sur rien, qui tiendrait tout seul, rien que par le style ». Le bonheur !

Liée au style, il y a évidemment la musique. J'ai beaucoup aimé certains chanteurs actuels, mais ce dont je ne me lasse pas, c'est d'une certaine musique classique. En fait, mes gouts évoluent un peu. Pour l'instant, j'apprécie particulièrement la musique sacrée, chantée. Mais quand j'écoute du rock, c'est le rythme qui entre en résonance avec moi. Et je suis très sensible au timbre de la voix de certains chanteurs, je trouve que certains ont une voix éminemment sensuelle. Oui, je pourrais être séduite rien que par un timbre de voix.

Le merle noir

Petit drame dans la grange, ce matin.

Je m'étais recouchée un moment après le petit déjeuner, quand j'entends un gros « boum » !
Je suis saisie, effrayée, je me précipite, et je vois un oiseau près de la porte, couché, les pattes en l'air. Je réalise tout de suite qu'il s'est cogné à la fenêtre au-dessus de la porte. Son petit bec s'ouvre et se ferme sans cesse, c'est comme s'il criait – un cri inaudible. Je suis bouleversée, je me rends bien compte qu'il est en train de mourir, et je suis impuissante. Je me sens en communion avec lui, j'éprouve énormément de compassion. Pauvre petit oiseau.
Le regarder m'est insupportable, je retourne dans la chambre, essaye vainement de me distraire.
Quelques minutes plus tard, son bec ne bouge plus. Je me mens à moi-même en espérant qu'il puisse encore sortir du coma.
Mais il est vraiment mort, et c'est de ma faute. Ce matin, en prévision de fortes chaleurs, j'ai voulu profiter de la fraicheur matinale et j'ai ouvert la fenêtre. Il a dû rentrer par là, et chercher à sortir de la grange par la porte-fenêtre, mais il volait trop haut, et

s'est fracassé contre la vitre. Si je n'étais pas venue ici, si je n'avais pas ouvert cette fenêtre, il serait toujours en vie.

Les oiseaux ont-ils une âme ? Je pense que oui. J'avais l'impression de le voir crier avec son petit bec, j'ai ressenti sa souffrance et sa détresse. C'est à cette âme impersonnelle et universelle que nous participons, nous les humains, mais aussi les animaux et les végétaux. Tout ce qui vit participe à la Vie.

Il fallait faire quelque chose de cet oiseau mort, et toucher un animal à plumes m'a toujours répugné. Je me suis donné du courage en me disant qu'il fallait que je fasse quelque chose pour lui, que je lui devais bien cela. J'ai doucement poussé son petit corps inerte sur une pelle : sa tête pendait, abandonnée. Je l'ai emmené lentement en me disant « pauvre petit oiseau », le cœur plein de tristesse et de compassion.

On n'enterre pas les oiseaux. Ceux qui meurent dans la nature sont dévorés par d'autres, c'est la loi. J'ai porté son petit corps chaud jusqu'à un buisson, assez loin de chez moi quand même, parce que je suis lâche et ne veux pas voir ce qui se passera ensuite. Je l'ai déposé tout doucement, en continuant à penser intérieurement, comme un mantra, « pauvre petit oiseau ». J'étais débordée d'émotion, je ne pouvais pas penser à autre chose.

Je l'ai laissé là, parmi les feuilles mortes, abandonné à la nature.

J'ai écrit tout cela pour essayer de me le sortir de la tête, il faut maintenant que j'arrête de ruminer ce drame matinal.

En même temps, je sens que c'est une aventure essentielle. Alors que je m'ouvre à la vie intérieure, cet oiseau m'a rappelé l'omniprésence de la mort. C'est l'impermanence des bouddhistes, à ne jamais perdre de vue.

Pour vivre pleinement ce qui nous est donné à vivre.

Petit oiseau, messager de la sagesse ?

Le feu

La vie, c'est le feu, qui passe d'un être à un autre, comme autant de combustibles.

On a besoin de se passer le feu de l'un à l'autre ; s'il s'éteint totalement, pourra-t-il réapparaitre ?

Notre flamme s'éteint quand on meurt, mais elle continue à bruler grâce aux autres à qui on a donné vie. Physiquement, évidemment. Mais respecter une vie qui existe, c'est aussi donner la vie. Adopter un enfant. Sauver des vies. Protéger la nature. Prendre soin des animaux…

Nous faisons tous partie de la vie, petits combustibles. Soyons humbles, nous ne serons pas éternels. Mais il nous est donné la possibilité de briller fort, de générer une belle et grande flamme, de la propager le plus possible, et nous devons surtout nous abstenir d'éteindre d'autres flammes : tuer, détruire, faire souffrir (on peut tuer une âme).

Pour moi, une vie réussie est une vie qui a brillé le plus possible, et qui a entretenu le feu chez autrui.

Qui a propagé la Vie, au sens large. Nous sommes tous des vestales, tous responsables du feu sacré.

Quelqu'un qui aurait détruit, irrémédiablement, peut, tant qu'il est en vie, s'en rendre compte et tout faire pour entretenir, ou allumer d'autres flammes. On ne peut pas rallumer une flamme qu'on a étouffée, mais on peut en allumer d'autres, ou au moins prendre soin d'autres.

Certains, en devenant ce qu'on appelle des monstres d'insensibilité (serial killers, génocidaires) ont éteint la flamme en eux. Le corps et le mental fonctionnent encore, mais ils ont perdu le contact avec le feu. Peut-on le rallumer ? J'aime penser que oui. Mais peut-être y a-t-il des cas extrêmes où c'est impossible. En tout cas, aucun autre être humain n'est en mesure de le juger, la peine de mort n'est pas envisageable. Tant que le corps vit, une petite veilleuse peut toujours se rallumer. Mais il faudrait sans doute beaucoup de soin, d'amour, pour rallumer cette flamme. Ce n'est généralement pas ce qu'on offre aux bourreaux, mais c'est sans doute ce dont ils ont besoin pour faire revivre leur âme.

C'est cette flamme qu'on peut ressentir dans la méditation (ou la prière). S'y réchauffer réconforte notre mental qui est souvent perdu, à trop réfléchir et tout vouloir comprendre.

On ne peut pas tout comprendre.

Notre intelligence doit nous servir à bien organiser notre vie sur terre (la nôtre et celle des autres). Il faut prendre soin de notre corps, c'est grâce à lui que notre flamme peut briller.

Mais l'essentiel, c'est la flamme. Pas la mienne ni seulement celle de mes proches. Toutes les flammes, comme autant de parties d'un grand feu, la Vie.

Là où je suis prête à suivre Jésus totalement, c'est sur la primauté de l'Amour. Il dit que « Dieu est Amour » ; je ressens que la Vie est Amour. En aimant, on propage la Vie, la flamme. C'est comme cela qu'on peut réparer les âmes blessées : en les aimant. C'est comme cela qu'on donne réellement la vie à un enfant : en l'aimant.

Le visiteur

Toutes les nuits, vers minuit, il me réveille : j'entends quelques petits cailloux tomber sur le sol, puis ce sont ses petits pas qui martèlent le plancher. Je sais qu'il se promène dans ma maison, et je reste tétanisée dans mon lit. J'entends des objets tomber, je sais qu'il se promène là où il veut. Le matin, je ramasse les objets tombés des étagères. Je mets à l'abri ce qui est fragile : il ne manquerait plus qu'il me casse un bol ou une tasse.

L'autre jour, j'avais acheté un plateau de pêches : le matin, il y avait des traces de dents dans cinq ou six d'entre elles. J'ai senti la colère monter en moi : d'accord pour lui en donner une, mais en entamer plusieurs, non, ça ne se fait pas ! Cette nuit, j'ai mis les pêches dans l'armoire, derrière le grillage : ça le rendra fou, il en sentira l'odeur mais ne pourra pas les approcher. Bien fait pour lui. Mais peut-être est-ce l'odeur des fruits qui l'attire ? Je ferais mieux de les mettre dans le frigo, de neutraliser tout appât.

Il revient quand même toutes les nuits, et me réveille à heure fixe. J'ai enfin eu le courage de me lever, je voulais lui faire peur et le chasser. J'ai allumé la lumière, je l'ai cherché, et il était là, accroché au mur. Il me regardait dans les yeux avec un air de défi. C'est un tout petit loir. C'est incroyable le bruit qu'un si petit animal peut faire ! On est restés longtemps comme ça, l'un en face de l'autre, et c'est lui qui a fini par céder. Il est remonté, s'est glissé dans un trou. Mais je sais que je n'ai pas gagné le combat : il est toujours là, et je ne sais plus où il se cache.

Ce soir il fait plus de bruit que jamais. Je l'entends courir partout, c'est infernal. Je ne prends plus la peine de me lever, je sais que ça ne sert à rien. Il ne me reste plus qu'à subir sa visite, à supporter, impuissante, son intrusion pleine de vie. Quand le calme revient, et qu'un bruit lent et rythmé remplace les cavalcades, je comprends enfin : ils étaient deux à se poursuivre, et ils sont en train de s'accoupler.

C'est la force de la nature, vive et bruyante, portée par de tout petits animaux sauvages, qui est venue s'imposer sous mon toit.

L'appel de l'inconscient

En découvrant Carl-Gustav Jung, j'ai réalisé l'importance des rêves. Je me sens maintenant prête à me lancer dans l'exploration de mon inconscient, prête à m'engager dans un travail de psychanalyse.

Dorénavant, je note mes rêves tous les matins, sans me rendre compte que certains me disent déjà ce que je ne peux pas entendre.

Rêve

Dans mon rêve, je donne cours dans le grenier d'un très grand bâtiment. Et puis, soudain, je vois que des élèves ont allumé un feu devant le tableau. Je dis : « Vous êtes fous ! », et me précipite sur l'extincteur pour éteindre. Mais il est trop petit, tout de suite vide. Quelqu'un m'en apporte un plus gros, j'arrive à bout des flammes.

Plus tard, je suis dans la classe, en train de parler avec d'autres élèves. Je vois un garçon, grand, beau et noir, qui va venir frapper à la porte. Il vient avouer que c'est lui qui a allumé le feu. Il s'appelle Drachme. Je l'admire beaucoup, pour son courage et sa beauté. Dans un an, cette histoire sera oubliée et il sera rempli de gloire.

Psychanalyse

Ce qui m'occupe, ces temps-ci, c'est clairement l'exploration de l'inconscient, via les rêves.

Finalement, c'est une démarche assez poétique : il s'agit de chercher le sens caché, en analysant les symboles. Mais l'intérêt, c'est que, chaque nuit, je récolte une nouvelle moisson de rêves, il y a une progression, et ça vient de « moi ».

Ce qui est passionnant aussi, c'est que ça ne concerne pas que ma personne. Je suis intimement convaincue de l'existence d'un inconscient collectif, et je dois dire que c'est l'exploration de ces territoires-là qui m'excite le plus.

C'est aussi une démarche très surréaliste. Je renoue avec la découverte de mes dix-sept ans, et je reprends le chemin là où je l'avais abandonné, effrayée par l'abime.

Le burn out, c'est comme une petite mort. Quelque chose doit mourir pour que la renaissance soit possible. Je ne sais pas quoi, je me sens actuellement comme en gestation. Le rêve que j'ai recopié me donne une information : après un an, tout cela sera oublié, et il est même question de gloire. Je suis dubitative, mais intimement convaincue qu'il faut laisser le temps faire son œuvre, et que la renaissance aura bien lieu.

J'ai relu la conclusion du bouquin de Nadeau[1] : elle est très interpellante. Le surréalisme « doit aboutir à la résolution des contradictions au sein d'une surréalité qui comprend et dépasse le conscient et l'inconscient » ! Mais le constat est celui d'un échec, d'un pessimisme profond. Pas étonnant que j'aie sombré, moi aussi.

C'est vraiment dommage que les surréalistes ne se sont pas intéressés à Jung, ça m'aurait fait gagner du temps.

Vertige

Brusquement, en me regardant de l'extérieur, je ne deviens pas une autre, je suis juste le regard qui constate, qui voit la marionnette privée de substance, le masque vide. C'est une désintégration, je suis aspirée dans le néant. « Je » ne suis plus rien. Agir au quotidien devient impossible. La marionnette s'est vue dans un miroir, et ne peut plus réintégrer ce corps, cette identité, cette vie qui fut la sienne.

J'ai détourné le regard, prise d'effroi. « Je » me suis lancée dans la vie, renonçant à plonger mon regard à l'intérieur, vers ce gouffre vertigineux.

Aujourd'hui encore, j'ai parfois du mal à dire « je », à m'identifier à mon nom, à mon corps. Je n'aime pas me regarder dans les miroirs. Je me regarde vivre, parler, mais la distance est toujours là. J'essaye de me perdre dans le quotidien pour l'oublier.

Mais, grâce à Jung, je commence à mettre des mots sur mon expérience, et à la considérer.

Je me rends compte qu'il est temps d'affronter l'épreuve, que j'en ai maintenant la force, et que je sais où trouver de l'aide.

Je sens que je ne peux plus vivre sans cette confrontation, que le temps de l'aveuglement en pilote automatique est terminé. Sans doute le sentiment d'avoir vécu ma vie m'aide-t-il : maintenant, je peux me lancer dans l'aventure.

Et je ne peux m'empêcher de penser que mon corps est parti en burn out de ma vie, parce qu'il ne pouvait plus la vivre comme cela. Je vais donc lui faire confiance, l'écouter, et essayer de comprendre mes rêves.

Retrouvailles

Hier, j'ai terminé la relecture de mes carnets d'adolescence. Pas moyen de m'arrêter !

J'ai recopié les passages qui me semblaient les plus importants. J'ai terminé assez fatiguée, j'espère ne pas avoir fait de boulette. Il faudra relire tout ça, mais pour l'instant ça me plait, j'ai créé un joli pdf de cent-vingt pages environ, disposé pour imprimer en carnet. J'irai lundi au magasin de photocopies, je suis tout excitée d'avoir cela entre les mains !

Cette plongée dans le passé m'a ouvert les yeux. J'ai l'impression de mieux me comprendre, en ayant une vue globale de ces années décisives.

Le présent

"Le présent est une étincelle qui court sur un fil de dentelle" (Yves Duteil)

J'ai longtemps accepté cela comme un credo.

Aujourd'hui, j'ai recopié les textes de mes dix-sept ans, avec notamment cette image du train, qui fait défiler le présent tellement vite qu'on ne peut l'apprécier. Quel contraste avec les découvertes actuelles : je sais maintenant qu'il y a dans le présent un infini, une profondeur à explorer !

Était-ce l'impatience de la jeunesse ?

Je dirais maintenant que le présent est un puits dans lequel plonger, une étincelle peut-être, mais qui est capable d'allumer le feu intérieur.

Après l'adolescence et l'âge adulte, j'ai l'impression d'être entrée dans l'âge de la lenteur.

Avec bonheur.

Plongée sous-marine

Parce que souvent, quand je médite, j'ai cette impression de descendre en dessous de la surface de l'eau, là où tout, les sons, les lumières se modifient.

Revenir à la surface, c'est laisser la conscience reprendre le contrôle, percevoir ce qui m'entoure avec netteté.

Plonger, même un tout petit peu, c'est arriver à cette conscience modifiée qui me fascine.

Jouer avec la limite procure un plaisir immense.

Mais ce qui m'attire vraiment, c'est plonger encore plus.

L'appel des profondeurs, un peu comme dans « Le Grand Bleu ».

En dessous, c'est sombre, c'est inquiétant, c'est dangereux.

Mais c'est comme un appel irrésistible.

Dont j'ai toujours eu peur, dès mes dix-sept ans, mais qui m'appelle aujourd'hui de nouveau, et auquel j'ai envie de répondre, insoucieuse de ma personne.

Pour cette plongée sous-marine, j'ai besoin de temps, de silence, d'immobilité, de solitude.

C'est maintenant mon projet le plus urgent et le plus excitant.

Le cube

Les hommes, durant leur vie, vivent dans un cube de verre : les parois, ce sont les contingences, l'espace et le temps. La naissance et la mort.

Pour la plupart des hommes, l'existence se déroule à l'intérieur de ce cube, et ils peuvent être très heureux comme cela, parce qu'ils n'imaginent pas qu'il existe quelque chose en dehors. L'obscurité les empêche de voir quoi que ce soit de l'autre côté des murs de verre.

Certains frappent des poings contre ces parois, en refusant leur finitude, et se gâchent la vie, en vain.

Certains fous, des scientifiques, essayent de faire reculer les parois, et ils y arrivent parfois, un tout petit peu. Mais l'illusion c'est évidemment de croire qu'on peut les faire disparaître.

Et puis, pour quelques-uns, les ténèbres s'illuminent : alors, les parois deviennent transparentes, et ce qu'ils entraperçoivent les bouleverse. Leur cœur se dilate et s'élance dans l'infini. Leur esprit voyage hors des limites du temps. Cette aventure peut faire peur, évidemment. Comment revenir ensuite dans le cube ?

La sagesse, c'est d'accepter les parois, et de contempler ce qui se devine au-delà. Tranquillement, sans agitation.
C'est la seule façon de s'évader du cube.

Et, en même temps, la vie à l'intérieur peut être si jolie !
Prenons soin de cet espace qui nous est octroyé et qui est si fragile.
Prenons soin de ceux avec qui nous sommes condamnés à le partager.
Ce n'est qu'un pauvre petit cube, bien imparfait, mais c'est le nôtre, et c'est le seul.

Qui suis-je ?

A la lecture de « La drachme perdue[2] », j'ai enfin trouvé une réponse, un reflet à mes questions existentielles !

Je disais, je pensais, je ressentais : « je ne suis personne », et le dire, le penser, le ressentir m'entrainait dans un vertige abominable, une désintégration atroce, qui m'épouvantait. Je m'arrêtais donc juste au bord de l'abime, et détournais les yeux.

J'ai vécu ainsi, très longtemps. J'ai construit une vie, de tout mon corps et de toute mon âme.

Mais je comprends enfin ce qui me manquait, la raison pour laquelle mon corps m'a rappelée à l'ordre : « je » est l'esprit, infini, indicible et intangible. Effectivement, « je » n'est pas une personne, il ne peut pas s'y identifier. « Je » n'est personne, il est plus que cela.

Cette petite voix qui parlait en moi avait raison depuis le début, mais mon « moi » ne la comprenait pas, il avait juste peur, il se sentait menacé.

Il n'y a rien à comprendre, ce livre le lui a enfin expliqué. Il peut lâcher prise, il n'a plus peur.

A l'intérieur, l'enfant bondit de joie, et les larmes me viennent aux yeux.

Des larmes de joie.

A relire quelques pages de mon journal d'adolescente, je retrouve exactement tout cela, dit avec les mots de la poésie. Mon « esprit » me murmurait ces textes directement à l'oreille.

Aujourd'hui, mon « moi » peut enfin commencer à comprendre, et à accepter. Regarder Antonin Artaud droit dans les yeux, et sourire, et vouloir lui communiquer cette flamme.

« Je » ne suis plus perdue.

Ma vérité

Il y a un corps qui m'a été confié dans cette vie, je dois en prendre soin. Et l'aimer, parce que c'est le mien.

Il y a un mental, qui réfléchit et qui ressent, en fonction de plein de conditionnements, qu'ils soient antérieurs à ma naissance ou postérieurs. C'est mon outil, je dois aussi en prendre soin et l'aimer, parce qu'il est bien utile.

Mais ce qui tient tout cela ensemble, ce qui est plus important, c'est cet Esprit, non personnel, qui vit et s'exprime à travers ce corps et ce mental, cette incarnation indispensable.

Dans les rêves, il me semble qu'il y a une frontière floue : plus je plonge, plus je m'éloigne de « moi », plus j'accède à quelque chose d'universel, que le mental ignorait. J'explore la partie immergée de l'iceberg, mais je pourrais aussi dire que c'est le pays de l'entre-deux, celui qui mène de la vie prétendument réelle à la Vraie Vie.

Quand je contemple cet Esprit-là, mon mental s'apaise, il n'y a plus ni peur, ni tristesse, ni colère. Il n'y a même plus de peur de la mort. J'ai parfois senti la joie m'illuminer.

Vraiment.

Les livres que j'ai lus m'ont aidée à comprendre ce qui m'arrivait depuis si longtemps, ils ont mis des mots sur ce que je ressentais. Au-delà des mots.

Je suis bien convaincue qu'il n'y a pas de spiritualité sans incarnation dans le corps, et que cette spiritualité a besoin de la personnalité pour s'exprimer, même imparfaitement. « Je » a besoin du « moi », même s'il a du mal à s'y identifier.

Et puis, finalement, toutes ces réflexions, toutes ces catégorisations sont bien vaines. En tout cas, elles ne m'intéressent pas vraiment. Mais elles ont eu le mérite de rassurer mon petit « moi » qui était tout crispé face au vide, et maintenant qu'il a lâché ses peurs, il aperçoit la lumière dans l'infini.

Poésie

La poésie est un moyen, et non pas un but. Chaque fois que je l'oublie, l'inspiration se tarit.

Le but, c'est de laisser jaillir la Source, d'approcher la Lumière, de sentir le Souffle. Rien d'autre n'a d'importance.

Il est légitime de vouloir partager cet Esprit, mais dès que le mental s'approprie mes productions pour son propre compte, la source se tarit.

Partager, oui, mais en toute humilité. Il faut lutter contre la vanité, qui me coupe les ailes.

Le souvenir oublié

Je suis un lapin !

Pour Carnaval, ma maman m'a habillée tout en blanc : un pull, un collant, un bonnet, et même des chaussures et des gants blancs. Elle a attaché deux grandes oreilles en carton à mon bonnet, et un joli pompon blanc en guise de queue.

J'adore !

Je saute partout, les pieds joints, les mains en crochet devant ma poitrine, la lèvre supérieure retroussée pour montrer mes deux dents de devant.

Je suis un lapin !!

La joie me transporte, je suis remontée comme un ressort, je ne me lasse pas de sauter, toute la journée.

J'avais oublié le lapin, je l'avais perdu de vue.

Cinquante ans plus tard, je le retrouve : il était très loin, enfoui très profondément.

Mais il saute encore, et ce sont des larmes de joie qui m'étreignent.

L'arbre

En promenade dans la forêt, l'envie me prend d'enserrer un arbre. C'est une nouvelle mode, je le sais, et pourtant je vérifie bien que personne ne risque de me voir, dans les environs. J'ai un peu honte, un peu peur qu'on me prenne pour une folle.

Mes bras enserrent le tronc, et ma joue se presse contre l'écorce dure et rugueuse. L'oreille posée contre l'arbre essaye d'entendre quelque chose.

Et, subitement, je suis projetée à l'intérieur de l'arbre.

Je suis un arbre.

Mes racines plongent dans la terre, profondément. Elles se déploient largement, et la vie grouille autour d'elles : lombrics, mulots, insectes. La sève les gonfle de force, elles assurent ma stabilité.

Je suis un arbre.

Mes branches s'élancent haut dans le ciel. Les oiseaux viennent y piailler, le vent les secoue doucement. Les ramifications deviennent de plus en plus fines, fragiles, pour tendre vers le ciel.

Je suis tout cela à la fois.

M'arracher à l'étreinte est douloureux. Pourquoi ne suis-je pas restée mille ans à l'intérieur de mon arbre ?
La tête me tourne légèrement. Je reprends ma marche, bouleversée.

L'agression

Je n'ai pas encore eu l'occasion d'écrire mon ressenti depuis cette agression de jeudi.

Sur le coup, j'ai été choquée : c'était tellement violent et inattendu ! Mais je trouve que j'ai bien réagi. Sur le coup, j'ai eu le réflexe de retenir mon sac et de crier. M'être débattue a sans doute aidé au fait que mon portefeuille et mon téléphone sont tombés dans la rue . L'agresseur a dû être surpris que je me défende.

J'ai été au commissariat : c'était ce qu'il fallait faire. Dans un premier temps, j'ai eu besoin de boire de l'eau et de m'asseoir. Mais j'ai assez vite repris mes esprits, et, malgré quelques rares moments d'émotion, je ne me suis pas effondrée en pleurs. Je suis finalement restée assez calme, y compris quand je suis rentrée à la maison.

Maintenant, avec du recul, je considère que j'ai à la fois eu de la malchance et beaucoup de chance; j'ai rencontré des agresseurs mais aussi des personnes adorables et très serviables : les gens dans la rue, les policiers, mais surtout le chauffeur de taxi qui m'a proposé son aide. Il est comme un ange venu annuler la violence des malfrats. Et que dire des objets tombés de mon sac ? C'est juste incroyable, quelle chance j'ai eue.

Je pourrais ressasser les moments de l'agression, et c'est même difficile de m'en empêcher. Je n'ai aucune prise sur ce qui s'est passé. Mais je peux choisir de ne pas continuer à me faire du mal. Je préfère ressasser les moments où j'ai eu affaire à des personnes bienveillantes, la chance que j'ai eue, et oublier le reste. Enfin, je ne l'oublierai sans doute jamais, mais je peux en diminuer le souvenir pour qu'il ne prenne presque pas de place par rapport à tout le positif.

Je ne ressens aucune haine envers ceux qui m'ont agressée. Au début, j'avais surtout peur, notamment parce qu'ils ont mes clés. Hier, au cours de yoga, quelque chose s'est libéré et j'ai ressenti, momentanément, de la colère. Elle reste très diffuse, et je me dis qu'il est sain et normal d'être en colère. Mais je pense qu'au fond de moi je reste sereine, j'arrive à considérer les événements avec du recul. Je suis évidemment juste très fatiguée.

Je ne peux m'empêcher d'interpréter tout cela comme un rêve : j'ai croisé l'Ombre, et il est illusoire de penser qu'elle n'existe pas. Mais, en même temps, la Lumière était là pour m'aider. Finalement, la somme du négatif et du positif me renvoie à un certain équilibre, en toute lucidité.

Mon agresseur m'attendait depuis longtemps, tapi dans l'ombre. J'avais oublié qu'il existait, j'avais oublié de le regarder et de m'en méfier. Au moment où je m'y attendais le moins, il s'est mis en marche, et s'est dirigé vers moi, sans hésiter.

En faisant voler en éclats la fenêtre de ma voiture, dans laquelle je me croyais en sécurité, il a brisé cette vaine illusion. La violence a fait irruption dans ma bulle en une fraction de seconde. C'est ce moment où tout bascule, ce moment qu'on voudrait pouvoir effacer pour remonter le temps.

Ce moment pourtant irrémédiable.

Je me suis écorché les mains en m'accrochant à mon sac. Et, en luttant contre cette force brutale, j'ai trouvé en moi une ressource insoupçonnée. J'ai laissé sortir de ma gorge des cris qui m'ont surprise. Dans mon inconscient, une guerrière veillait, et elle s'est réveillée instantanément. Elle savait que ce combat inégal était perdu d'avance, mais elle s'est battue autant qu'elle le pouvait.

Quand le voleur a pris la fuite avec mon sac, il pensait emporter des trésors qui ne s'y trouvaient pas. Mais il ne pouvait pas l'imaginer, lui qui ne se fie qu'aux apparences.

L'homme qui est ensuite venu à mon secours est un ange de lumière. Il a fait reculer l'ombre par sa bonté désintéressée, et a contribué à recréer autour de moi une enveloppe de douceur et de bienveillance.

Aujourd'hui, j'ai croisé l'Ange et la Bête, la Douceur et la Violence, la Lumière et son Ombre.

Généalogie

Ces derniers temps, je me suis lancée dans des recherches généalogiques, avec passion.
Et voilà que j'en rêve !

Dans mon rêve, je visualise comme mon arbre généalogique. Et dans la série des ancêtres, il y a un voleur, qui m'a tout pris. Mais, finalement, il ne m'a rien pris d'essentiel.

Je me réveille avec la pensée que je ne dois pas lutter contre lui, mais plutôt utiliser son énergie.

Méditation

Assise sur un coussin, je ferme les yeux et peu à peu mon esprit se calme.

Lui qui courait derrière des chimères, il retrouve le chemin de sa maison.

Une à une, il ferme porte et fenêtres.

Tout doucement.

Les bruits du dehors ne lui parviennent plus qu'assourdis.

Il sent sa respiration, de plus en plus apaisée.

A l'intérieur, c'est doux et c'est chaud.

« Il se pose, se dépose, se repose ».

Il est bien.

Infiniment bien.

Home.

La Vie

Adolescente, j'étais prise de vertige en me regardant de l'extérieur. « Je » n'existait pas, ce n'était qu'un pantin, qu'un masque. Une personne.

Personne, donc.

Il ne restait plus que le vide, l'abime vertigineux. Le froid du vide intersidéral. Nous n'étions plus que poussière d'étoile. Plus aucun sens n'était possible.

C'était la mort qui nous attendait, la vraie Mort, froide : le Néant.

J'ai malgré tout continué à vivre, par réflexe. En m'empêchant de penser, en jouissant du quotidien, et en m'étourdissant de tâches. J'avais une intuition, je savais que quelque chose de plus grand existait, même si mon mental ne pouvait pas le reconnaître.

Et puis la Vie a gagné, grâce à l'amour. Elle a même poussé dans mon ventre, et j'ai connu la joie dans le regard de mes enfants.

C'est ainsi que le temps a passé, entre amour et passion, entre peurs et découragements. Une vie de femme, ni plus, ni moins.

Il a fallu le temps de la maladie pour que les anciennes questions resurgissent, obstinées.

Et, cette fois, j'étais prête. Ma main a trouvé les livres pour me donner les mots. Ma vie s'est emplie de signes qui me murmuraient doucement la réponse.

La réponse est toute simple, et, c'est vrai, elle a toujours été là. Il suffisait de faire silence pour l'écouter, il suffisait de fermer les yeux pour la voir. Il suffisait de me laisser guider par mon souffle.

Tout au fond de moi, une source a jailli, avec tellement de force que mes yeux se sont remplis de larmes de joie. L'eau avait toujours été là, elle coulait doucement sous la terre, et avait nourri chacun de mes jours. Mais elle attendait d'être dégagée, désencombrée des pierres qui l'obstruait, pour jaillir avec force.

Depuis elle coule, claire et vive, et abreuve mon âme assoiffée.

En méditant, je rentre dans ma maison. Je ferme portes et fenêtres, et m'allonge au coin du feu. La vie extérieure est toujours là, mais assourdie, apaisée. Je ne me lasse pas de me réchauffer à cette flamme, et je l'entretiens, je la fais grandir. Je sens maintenant ce feu bruler en moi. Je voudrais l'offrir à chacun de mes semblables, pour les aider à faire grandir leur flamme intérieure. C'est l'Amour qui me porte, qui me réchauffe, que je porte en moi comme un soleil.

Je suis emportée par un tourbillon. Le vent s'est levé dans mes cheveux, et il m'emmène au-delà de ce que je pouvais imaginer. Et si parfois il se calme, c'est une douce brise qui fait tourbillonner les feuilles mortes.

Des feuilles qui retourneront à la terre, comme moi.

Cette terre riche d'humus, qui contient toute vie en elle.

Je n'ai plus peur de la mort. La vie a besoin d'elle pour renaitre plus forte, plus belle.

L'Esprit qui s'exprime à travers moi ne connaît aucune frontière. Il « est », en dehors de l'espace et du temps.

Il est la force et la faiblesse.

Il est la vie et la mort.

Il n'a pas de nom, et rien d'humain ne saurait le définir.

Et moi, avec ma pauvre personne, avec mon pauvre corps périssable, je peux tenter de l'exprimer, humblement. C'est le sens même de ma vie.

Un corps m'a été confié, et il est le seul instrument qui me permette de jouer la musique qui me traverse. Il m'est plus précieux que jamais. J'ai enfin compris qu'il n'est pas utile de m'y identifier, pas plus qu'à ma personne. Il n'est pas « moi », mais c'est à travers lui, c'est en lui que l'Infini se propage.

La vie est mystérieuse, belle et précieuse. Nous avons tous le devoir de la protéger, de la faire grandir, et de la célébrer.

Pour que la Lumière soit plus forte que l'Ombre.

Pour que la Flamme ne s'éteigne pas.

Pour que la Source ne se tarisse jamais.

Laissons les arbres continuer à pousser sur cette terre qui nous a été confiée, et qu'ils fertiliseront pour propager la Vie.

Rêve

J'ai évidemment rêvé de généalogie cette nuit. Je vérifiais que chacun de mes ancêtres était bien comme je l'espérais, ils formaient un rond autour de moi, et j'étais bien.

Il y a des gens qui chantent une chanson de Claude François, devant la prison où il est enfermé : « Ça s'en va et ça revient… ». La caméra le montre derrière les barreaux, il est vieux et souriant (mais on a flouté son visage, parce qu'on n'a pas le droit de le montrer). Il dit qu'il est très heureux que des gens soient venus chanter sa chanson devant sa fenêtre.

Les mots ne seraient rien
sans la voix pour les dire

Tout comme la musique ne serait rien
rien que des notes sur du papier

Sans la bouche pour la chanter
Sans l'instrument pour la jouer

Confinement

Cette fois-ci, nous voilà confinés pour de bon : les commerces non essentiels ont fermé, et on ne peut plus trainer dehors. Heureusement, on peut encore se promener, sortir prendre l'air.

Cet après-midi, j'ai vécu un moment de pur bonheur au parc : sur un banc, un homme jouait de l'accordéon, des airs beaux et doux, tendres, joyeux ou mélancoliques. Je suis restée longtemps, assise sur la pelouse, à l'écouter, les yeux fermés, le visage tourné vers le soleil. Au loin, j'entendais les cris des enfants qui jouaient.

La musique me traversait, et une joie immense m'a envahie ; j'en ai pleuré de joie.

C'était le pur bonheur. Il ne fallait rien ajouter, rien retirer. Le moment présent était parfait.

Il y a deux semaines, j'avais parcouru mes textes de l'année écoulée, en sachant qu'une période s'achevait : celle du retrait, du repos, de la « plongée intérieure ».

Je me sentais prête à m'ouvrir au monde, j'en avais l'envie et l'énergie.

Et puis, voilà ce virus qu'on n'avait pas voulu voir. Me voici confinée, comme tous les autres, et l'évidence est là : une nouvelle période s'ouvre devant nous, incertaine, mais assurément nouvelle. Quand tout cela sera fini – et ce sera dans très longtemps seulement, je le sais -, vivre comme avant sera impossible.

Je ne vais pas céder à la tentation de penser que « tout est bien », quand des gens souffrent et meurent par centaines, quand d'autres sont privés de travail et donc de revenus, quand beaucoup sont enfermés dans des conditions terribles. Non, je me rends bien compte que je suis privilégiée dans ma maison proche d'un parc, privilégiée par mon tempérament introspectif et calme. Certains sont comme des lions en cage, certains sont plus seuls que jamais.

Non, tout n'est pas bien, mais tout n'est pas mal non plus. J'ai bien intégré cela : c'est la réalité, il faut accepter ce sur quoi on n'a pas prise, et garder son énergie pour agir sur ce qui dépend de nous. Rieux se battait en toute lucidité.

Et, dans cet espace d'acceptation, je ressens un grand calme. Facile, évidemment, tant qu'on n'est pas malade, et je ne peux m'empêcher de culpabiliser un peu. Mais il ne faudrait pas. Ma sérénité peut aider le monde, cela j'y crois vraiment.

De plus en plus de gens se mettent à écouter les oiseaux, à se concentrer sur l'essentiel, c'est-à-dire l'Amour, qu'il prenne la forme de la solidarité, de l'entraide ou du don. Comme cet homme, l'autre jour, dans le parc, qui nous a offert sa musique avec son accordéon.

Il me semble que des moments pareils étaient beaucoup plus rares, avant.

Depuis le week-end passé, je ne me souviens quasi plus de mes rêves. Dans un premier temps, j'ai mis cela sur le compte du stress, de la peur : même si mon mental ne paniquait pas, je me réveillais avec des tensions, preuves que mon inconscient n'était pas tranquille.

Maintenant, je pense mieux dormir, et quelques bribes de rêves me restent au matin, mais je ne prends pas la peine de les noter. J'ai passé beaucoup de temps à m'accrocher aux rêves, à essayer de les interpréter, et maintenant j'accepte qu'ils restent invisibles.

Mais j'ai envie d'écrire, plus que jamais.

Que faire ?

Méditer pour me plonger dans le bonheur et la sérénité.

Parce qu'il y a tant de malheur et de confusion dans le monde, et je ne peux rien y faire.

Rien, si ce n'est me fondre dans l'Être, pour tenter de rééquilibrer le monde.

Après

Donner le bras à mon père
Serrer mes amis contre mon cœur
Réunir mes enfants autour d'un repas
Marcher sur la plage, les pieds dans l'eau
M'asseoir sur une terrasse, et regarder les gens passer
Prendre mon vélo, et partir loin
Marcher sur le chemin de Compostelle
Aller en Bourgogne
Trainer dans les librairies
Montrer mon visage et sourire à des inconnus

IGNACE

Depuis quelque temps, je suis intriguée par un couple, dans mon arbre généalogique. Il s'agit des grands-parents de mon grand-père. Dans cette famille paysanne, personne ne s'éloigne beaucoup de son village, on se marie et on meurt dans le même coin de la Hesbaye liégeoise. Mais cet homme-là, Ignace Kinnart, est mort à vingt-huit ans, à Gand. Que lui est-il arrivé ? Qu'allait-il faire si loin de chez lui ? J'avais déjà effectué de nombreuses recherches, en vain.

Hier soir donc, par curiosité, j'ai parcouru sur le site internet des Archives de l'Etat tout ce qui concernait le village de Maalbeek, sans rien chercher de particulier. Et, effectivement, j'ai trouvé ce que je ne cherchais pas : la vérité à propos d'Ignace. Il a été condamné à la perpétuité, et il est mort en prison !

Je n'ai pas pu dormir avant trois heures du matin, et j'ai épuisé un gigabyte à surfer, à chercher, à creuser. Mon esprit était bien trop en ébullition pour pouvoir dormir. Avec la date du procès d'assises j'avais trouvé la clé me permettant d'accéder à de nouvelles informations, en consultant la presse de l'époque, en ligne.

Quel choc ! J'avais déjà imaginé une belle histoire assez romanesque, le jeune homme aventureux qui va travailler comme ouvrier à la ville pour entretenir sa famille, et sa femme, Sophie, qui l'attend gentiment à la maison avec les enfants... Puisque son acte de décès précise le lieu de son décès - la Coupure - et son statut - sans profession -, j'avais imaginé un accident sur les bords de ce canal, alors qu'il travaillait sans contrat, un peu comme les migrants aujourd'hui. J'étais quasi prête à écrire leur histoire, tout en sentant bien qu'il me manquait encore quelques informations.

J'étais aveugle, et n'avais pas vu ce qui crevait les yeux. Sur les plans de Gand que j'avais consultés, la prison est bien là, énorme, au bord du canal. Je n'avais même pas envisagé une seconde qu'il puisse y avoir séjourné.

Aujourd'hui, je me sens un petit peu plus apaisée, disons que j'ai commencé à digérer l'information. Il est donc mort en prison, après avoir été condamné à la détention à perpétuité pour faux en écriture, vol et incendie. Et, le plus étrange, c'est qu'il a principalement volé sa propre famille.

Je n'ai pas l'impression d'être si concernée que cela, j'ai plutôt tendance à penser à ma famille, à mon grand-père, quelle honte s'ils l'avaient appris ! Parce que je suis persuadée qu'ils ne savaient pas. J'imagine bien que cette histoire a été tue, et que le deuxième mariage de Sophie a été comme un nouveau départ. Sacré secret de famille, bien lourd et bien enterré…

Et, quoi que j'en dise, je me sens intimement touchée. J'espérais bien me souvenir de mes rêves, pour que mon inconscient m'éclaire, mais malheureusement tout s'est évaporé au réveil. Ce sera peut-être pour une autre fois.

Ce qui est sûr, c'est que j'ai vraiment envie – non, besoin – d'en parler en psychanalyse.

Tout comme j'ai besoin d'en savoir plus, en allant consulter les Archives de Liège ce vendredi.

Je suis déjà en train de reconstruire une belle histoire, un peu à la mode de Victor Hugo dans « Le dernier jour d'un condamné ». Je vois Ignace comme Jean Valjean, prêt à succomber à la tentation, et agonisant dans un bagne indigne.

Je plains toujours Sophie, encore plus sans doute, mais je ne peux m'empêcher d'essayer d'excuser Ignace, et surtout de le plaindre. La sanction me semble particulièrement sévère, même incompréhensible. J'en apprendrai peut-être davantage à Liège.

Pour conclure, je n'identifie pas vraiment d'émotions en moi, mais un grand chambardement. C'est une information que je dois accepter, et je pense être sur le chemin, mais ça a tout d'abord été un grand choc. Il y a une énorme honte enfouie en moi, qu'il faudra mettre à la lumière.

Ce matin, en psychanalyse, j'ai évidemment raconté l'histoire d'Ignace. Pas étonnant que j'aie été attirée depuis longtemps par ces ancêtres-là !

Alors que j'avais décidé de m'intéresser principalement à Sophie, parce que c'est une femme et qu'elle a souffert, et s'est sans doute sacrifiée en se remariant à un homme bien plus âgé qu'elle, maintenant je pense surtout à Ignace. J'ai envie de le comprendre, et surtout de le plaindre. Il n'a survécu que trois ans dans une prison infâme, un peu comme celle de Clairvaux que j'ai visitée il y a quelques années.

J'ai l'impression de me plonger dans un roman de Victor Hugo. Ignace a rejoint la bande à Potron-Minet, il fait des mauvais coups, et finit dans « Le dernier jour d'un condamné ».

Mais pourquoi s'en est-il ainsi pris à sa famille ? Était-il animé par un désir de vengeance, et particulièrement à l'encontre de son beau-père ?

J'espère en apprendre plus après-demain, aux Archives de Liège. Mais je sais que les zones d'ombre subsisteront, c'est comme si à l'intérieur de moi un nouvel espace avait émergé.

Je commence à me dire que Sophie n'est peut-être pas une sainte, et je suis attirée par Ignace, malgré tout ce qu'il a fait. Mais n'est-ce pas Sophie qui vit en moi ?

Maintenant que la première surprise est passé, je n'éprouve plus de honte. Je n'irais pas jusqu'à dire que je suis fière d'Ignace, mais en tout cas je ne veux plus le cacher. Il a le droit d'exister, et j'ai le droit de le plaindre.

On verra où tout cela me mènera.

La grande affaire, cet après-midi, c'était les Archives de Liège ! Beaucoup de route pour pas grand-chose, les pièces des procès d'assises n'étaient pas disponibles.

J'ai quand même pu consulter les actes notariés, j'ai glané quelques informations supplémentaires, mais surtout, la grosse émotion, ça a été de voir et de toucher les signatures originales de Sophie et Ignace ! Ignace a une belle petite écriture régulière, Sophie est un peu malhabile. Joseph, le père d'Ignace, par contre, est très maladroit.

En rentrant, je me suis arrêtée à Maalbeek. Que ce pays est beau ! Partout, des chemins creux, des routes qui tournicotent, et de belles ondulations.

Le ciel de juillet était très bleu, avec de gros cumulus. Dans le village, un coq chantait.

Alors que je marchais sur un sentier au milieu des champs, j'ai entendu une alouette, là-haut dans le ciel. Un train traversait la campagne. Je l'imagine à vapeur, un peu comme dans le tableau de Monet.

Je suis restée longtemps assise à côté d'un champ de coquelicots. J'attendais la bonne lumière pour prendre une photo, en contemplant les mouvements des nuages, à différents étages. Les fleurs, avec leurs taches rouges, me faisaient penser à la passion, à la violence, au sang.

Il y a eu beaucoup de souffrance dans ce pays. Et les coquelicots, si fragiles, mourront et renaitront l'année prochaine. Tout passe, rien ne dure, mais c'est aussi le même paysage qu'en 1850, les mêmes fleurs, les mêmes arbres, les mêmes nuages.

C'était très doux. J'avais envie de réconcilier Sophie et Ignace, de les apaiser, de les consoler. De leur pardonner.

Je me sentais près d'eux. C'était très tendre et très fort.

En fin de soirée, j'ai trouvé un nouvel article de presse de l'époque, plus complet et plus objectif.

Il y a peu à dire pour défendre Ignace, si ce n'est qu'il a avoué. Il faudra que j'accepte aussi cela, qu'il n'y a pas grand-chose pour l'excuser ou le défendre.

Mais il est mort au bout de trois années de détention, que j'imagine abominables. Aucun homme ne mérite cela, et certainement pas lui. Sa mort ne le rend pas sympathique pour autant, il n'y a pas de balance à équilibrer. Tout est là : les trahisons, les lâchetés, et la souffrance.

J'aurai sans doute encore plus de détails avec les archives du procès, mais les grandes lignes sont déjà tracées.

Pauvre Sophie…

J'ai beaucoup cherché sur internet récemment, et j'ai même couru jusqu'à Liège. Je ne pense quasi plus qu'à cela, et je ressens maintenant le besoin de prendre de la distance. De toute façon, je dois attendre que les archives du procès d'assises soient consultables, il ne sert à rien de tourner en rond en attendant.

Je me rends compte que j'ai fini par beaucoup vivre dans le passé, et je me déconnecte un peu du présent.

Il est temps que j'y revienne.

D'habitude, on connait ses parents, ses grands-parents parfois. Eux-mêmes peuvent nous avoir parlé de leurs parents, ou même de leurs grands-parents, mais c'est rare.

De toute façon, ce qu'on nous a raconté, c'est généralement la Légende Dorée : le saint homme, la femme dévouée, l'artiste, avec leur lot de médailles et de récompenses justifiées. Il y a aussi parfois des drames, injustes, ou des tragédies, par définition inévitables.

Les souvenirs brillent dans la lumière.

Mais où est l'Ombre ? Où sont les humbles, les oubliés, les insignifiants ? Où sont les salauds, les lâches, les réprouvés ?

Grandir dans la Légende, c'est s'en sentir à l'avance et pour toujours indigne.

Si je m'intéresse à la généalogie, c'est pour retrouver les souffrances enfouies, et leur rendre hommage. Pour découvrir les enfants morts jeunes et oubliés, et célébrer leur mémoire. C'est pour exhumer la noirceur, les crimes et les lâchetés, parce que tout cela a existé, et je n'en peux plus de sentir ces fantômes me manipuler dans l'ombre. Patiemment, je ramasserai les bouts d'os, les souvenirs oubliés, et s'il le faut je les ferai tenir ensemble grâce à mon intuition. Car c'est bien elle qui me met en contact avec cet inconscient, c'est elle qui me guide et me pousse en avant.

J'irai rendre visite au passé, parce qu'il m'appelle. Mais c'est au présent que les retrouvailles auront lieu, au plus profond de mon être.

Toute famille a sa brebis galeuse, et si vous pensez que ce n'est pas le cas de la vôtre, c'est que vous ne l'avez pas encore trouvée.

Sophie est morte avant de voir ses enfants mariés, et certains étaient encore très jeunes. Mais elle les a élevés dans l'amour et le respect. Elle leur a appris à supporter toute souffrance, à creuser son sillon sans se révolter.

Elle aurait été fière de ses enfants, de ses petits-enfants, de toute sa descendance, si nombreuse, si variée.

Il était temps que nous pensions à elle, que nous écoutions ses blessures muettes.

Il était temps que nous rencontrions également Ignace, son âme damnée, que nous fassions sa connaissance, et que nous lui pardonnions ce qu'il nous a fait sans le savoir.

Il était temps de récupérer ce qu'il nous a volé, temps de connaître la trahison pour pouvoir de nouveau faire confiance à autrui, temps d'éteindre l'incendie de la haine.

Pour qu'enfin la réconciliation soit possible, tout au fond de notre âme.

Au jeu des sept familles, j'ai déjà
   la famille des commerçants
   celle des paysans
   celle des cheminots
   celle des ingénieurs
   celle des banquiers
Avec même quelques jokers
   l'artiste-peintre
   le diplomate.

Il ne me manquait plus que le Mistigri,
   le Zwarte Piet.
La carte est tombée
   et je dois la garder
   même si elle ne va dans aucune famille.

Elle était bien cachée,
   tout en dessous des autres cartes.
Mais on ne peut pas tricher à ce jeu-là :
   j'accepte le valet de pique.
Il tiendra aussi bien dans ma main que les autres.

Sans lui, le jeu ne serait pas complet.

On m'a volé mon vélo !!!

Je l'avais attaché dans la rue, à un arbre et à son tuteur. L'arbre a été brisé, et vraisemblablement le vélo et son cadenas ont été hissés vers le haut, très haut.

Je suis évidemment en colère contre le voleur, mais aussi contre moi : je me dis que je suis bête, quelle idiotie de croire qu'un jeune arbre est une bonne protection ! Inconsciente, je n'imaginais pas de danger dans ce quartier qui me semblait calme.

Et dire que j'en étais arrivée à trouver Ignace assez séduisant, à lui trouver des circonstances atténuantes. Ignace, tu m'emmerdes ! Je déteste les voleurs, tu es lâche et violent. Je ne suis pas prête à te pardonner.
Voilà, c'est dit.

Bonjour Sophie.

Hier, je suis allée aux Archives à Liège. Les recherches ont été longues et fastidieuses, mais, au final, j'ai trouvé quelques informations très intéressantes.

Il n'empêche que, plusieurs fois, j'ai entendu une petite voix dans ma tête (celle de Sophie ?), qui me disait : « Tu n'as vraiment rien d'autre à faire ? ». Si, certainement, et j'ai parfois l'impression de m'enliser dans ces recherches, dans ce passé si lointain.

Et, en même temps, j'ai envie de fouiller le passé, c'est une enquête passionnante. Je sais que, quand je la lâcherai, ce sera fini, je n'y reviendrai plus. Je veux donc aller le plus loin possible.

Quelle importance tout cela a-t-il ? Je ne sais pas. Mais j'ai l'impression de faire revivre le passé, parce que j'en prends conscience. Et je me passionne pour cette enquête.

Le risque, c'est de vivre plus dans le passé que dans le présent, je le sais. C'est ma vie à moi, ma vie actuelle qui importe. Mais mon présent peut s'enrichir du passé, j'en ai l'intime conviction.

En rentrant, je suis repassée par Maalbeek et Harcourt.

Au cimetière, devant le caveau familial, une phrase s'était déjà imposée à moi, la fois passée : « Je ne vous trahirai pas ». Je détiens un secret qui a été volontairement enfoui, et, si je suis décidée à le porter à la lumière, je dois être très prudente, très délicate. Si je m'intéresse à Ignace et Sophie, je dois aussi m'intéresser à tout le reste de la famille.

Étrangement, cette fois-ci, une autre phrase s'est imposée dans mon esprit : « J'irai de l'avant, je vous le promets ». Le passé, et le secret du passé, peut être un boulet, mais aussi un tombeau si je m'enferme dedans. Je ressens l'amour de mes ancêtres, et ils me disent que ce qui importe, c'est la Vie, c'est l'Amour. Ce qui est dans l'ombre doit peut-être y rester, ce qui compte, c'est d'agir avec discernement. Rester connectée avec eux, qui me guident.

Et devant la croix de l'ancien cimetière, où j'ai déposé une bruyère pour Sophie : « Grâce à toi, nous avons pris racine ». Je me sentais ancrée dans la terre, qui avait justement été remuée à proximité. Ancrée, enracinée. C'est elle qui nous a offert ça.

Au contraire, Ignace, fuyant comme le vent, s'est totalement coupé de toute attache.

Une petite pluie s'est mise à tomber juste à ce moment-là, et moi j'étais là, devant cette grosse croix de pierre avec un visage du Christ penché vers la terre. C'était comme des larmes, mais moi je ne ressentais pas de tristesse. Comme si les larmes du ciel (et de Sophie ?) se purgeaient une dernière fois, doucement, calmement.

Le soleil est ensuite réapparu, au-dessus de Harcourt.
L'église se détachait sur le ciel bleu, magnifique.
Un cheval s'ébrouait dans une prairie, comme la vie sauvage, forte et frémissante.

Tout à l'heure, en conduisant, je pensais à Ignace. Je me disais que, sans le savoir, je l'avais déjà croisé à plusieurs reprises. Un escroc, il y a déjà quelques années . Puis le voleur de sac. Et même l'incendiaire : le burn out, c'est un feu intérieur.

Le rêve que j'avais fait il y a un an, avec un homme noir qui met le feu et s'appelle Drachme, c'était Ignace. Il annonçait que, un an plus tard, tout serait pardonné, dans la gloire. Je crois que nous y sommes. Presque. Il me reste à finir d'écrire son histoire, pour lui, pour Sophie.

En roulant vers la mer, je suis sortie à Gand, sans préméditation. J'avais envie, depuis longtemps, d'aller à la Coupure, retrouver l'endroit où il est mort.

Plus rien n'est pareil. A la place de la prison, ils ont construit un grand bâtiment, dans le style des années trente, pour la Faculté d'agronomie de l'Université de Gand. C'est un beau symbole, une école à la place d'une prison.

Je n'ai pas ressenti d'émotion : Ignace n'est plus là.

La seule chose qui n'a pas changé, c'est le canal, l'eau du canal qui coule et qui passe. Ce que nous prenons pour la réalité n'est qu'une chimère, ce que nous croyons pouvoir saisir nous échappe comme cette eau courante.

J'ai rédigé l'histoire de Sophie et d'Ignace. Je ne pouvais plus résister à ce besoin impérieux. Le texte a jailli de mes doigts, et le résultat me plait.

Quand j'en parle à ma famille, j'annonce que j'ai écrit cela pour moi, pour eux, et puis pour Sophie et Ignace. J'ai toujours essayé d'être juste et honnête, en ne rajoutant rien, ne supprimant rien, en essayant de ne pas juger.

Je pourrais me contenter des gentils compliments de ma famille, et qu'on parle de cette histoire entre nous, parce que j'ai aussi besoin de cela.

Mais, maintenant, il m'apparaît clairement que l'écriture, le style, n'est qu'un instrument au service de plus grand que ma soif de reconnaissance.

Et je ne peux que remercier Ignace et Sophie de m'avoir donné, avec leur histoire, l'opportunité de découvrir que j'étais capable d'écrire, d'écrire bien.

L'« Anamnèse essentielle[3] » de Jean-Yves Leloup semble écrite pour moi. J'y ai trouvé l'explication du vertige métaphysique de mon adolescence : c'est le moi qui se regarde, et se rend compte de sa vacuité, de sa petitesse. Il n'est rien, mais, comme il prétend que rien n'existe en dehors de lui, tout s'effondre.

Avant de se regarder de l'extérieur avec son mental, il faudrait d'abord remplir son cœur d'amour, de tout ce qui n'est pas le mental, de ce qui est plus grand que le mental.

Et puis aussi, se rendre compte qu'on peut prendre de la distance avec le moi, mais jamais le quitter tout à fait. C'est encore lui qui est présent dans les rêves, et c'est lui qui réalise ce que le Soi lui murmure à l'oreille.

En écriture, c'est pareil. Le moi est l'instrument d'expression du Soi. L'écriture est un moyen, pas un but.

Le but n'est pas de flatter l'égo, mais de le laisser exprimer ce qui est plus grand que lui.

Je suis assise avec le pied gauche posé sur un coussin. Il est bandé, et plein de sang. Il y a juste une petite blessure sous le pied, qui a taché le pansement.

Je parle avec mon interlocuteur, qui aime autant que je ne salisse pas son coussin.

Soudain, on constate avec effroi que la petite blessure a continué de couler, la tache s'est bien agrandie, et il y en a plein le coussin !

Ce rêve m'a réveillée.

J'ai maintenant en tête le titre que je cherchais pour l'histoire d'Ignace, en essayant de m'endormir : ce sera « Le Blessure du Roi Pêcheur ».

Le Roi Pêcheur que Lancelot a rencontré souffre d'une blessure à la jambe, qui ne guérit jamais, tout comme son royaume dévasté. Celui qui osera poser la bonne question le guérira, et délivrera son royaume du maléfice.

Cet épisode des romans de la Table Ronde me semble une belle métaphore des secrets de famille : l'ombre refoulée nous ronge, seule la lumière de la conscience peut nous délivrer de cette blessure transgénérationnelle.

Les Mains de l'Ombre

Une main d'ouvrier,
   calleuse et rêche,
   se pose sur mon ventre tendu.
Une paume large,
   des doigt forts et puissants.
C'est la main de l'amour fort et brutal,
   la main de la passion qui fait mal.
C'est la main que je cherche,
   qui prend et se dérobe.
La main de l'absent.

Une main de femme
   berce un enfant.
C'est une main de mère,
   usée d'avoir trop travaillé
   pour soigner les siens,
   pour les nourrir,
   et pour les porter en terre.

Une grosse main,
   fermée et bourrue,
   vient se poser sur la mienne,
   doucement.

C'est une main qui ne parle pas,
   qui n'a jamais rien dit,
   et elle reste posée là,
   émue d'être tendre,
   lourde et légère à la fois.

Une main robuste,
   délicatement ouverte,
   accueille la main de l'épousée,
   si menue, si réservée,
   et tant aimée.

La main que je tiens
   et qui m'échappe
   rejoint celles qui l'ont précédée.

Toutes ces mains,
   les mains de mes aïeux,
   je les sens au creux de mes paumes,
   elles m'enveloppent,
   elles me caressent,
   elles me portent vers la lumière.

« La Blessure du Roi Pêcheur », ce texte que je viens d'écrire, est comme un vase, ou, oserais-je le dire, un calice.

Je l'ai fabriqué avec mes propres mots, je l'ai travaillé et ciselé autant que je le pouvais, en prenant néanmoins soin de lui laisser une apparence sobre et humble. Il fallait qu'il soit le digne et authentique reflet du contenu qu'il allait accueillir.

Je peux revendiquer ce travail d'orfèvre, il est mien.
Mais son contenu ne m'appartient pas.

En marchant, les pensées viennent toutes seules.

Quand je cherche à savoir qui je suis, je ne peux concevoir un « moi » que par rapport à la mémoire. Mémoire de ce que j'ai vécu, mémoire transgénérationnelle. Mémoire des émotions, des blessures, de l'amour, mémoire du corps aussi. Et pourtant, notre corps change toutes ses cellules tous les sept ans, paraît-il. Je ne suis plus l'enfant que j'étais, j'ai oublié la plupart de ce que j'ai vécu. Enfant, je m'imaginais avoir une sorte d'enregistreur intérieur qui garderait mémoire de tout ce que j'aurais dit, ou vécu. Ce disque dur est-il dans l'inconscient ?

Amnésique, qui suis-je ?

On pourrait répondre que nous sommes notre ADN. Mais, vraiment, est-ce que je conçois mon identité avant tout en fonction de ma couleur de peau, de ma taille, de mes yeux ? Et si mon visage était brulé, ou mes empreintes digitales altérées ?

Non, décidément. Moi qui ai toujours eu du mal à me définir, à m'accepter, à m'incarner, je comprends pourquoi la recherche du passé est si importante pour moi. Savoir d'où je viens m'aide à savoir qui je suis.

Comme les racines de l'arbre. On verra où les branches me mèneront.

Au retour, une évidence : je suis Sophie ! Si j'ai été ainsi attirée par Ignace, c'est parce que « je » l'ai aimé, évidemment. Plein de détails dans ma vie me permettent de m'identifier à elle, et notamment ce que j'aime : le ruisseau, le verger, le chemin creux,... Les vieilles pierres, la paille, la grange.

Grâce à mes recherches, je l'ai enfin retrouvée. Elle vivait en moi, cachée.

Je me rends compte que je n'échangerais aucun trésor, aucun ancêtre illustre, contre mon Ignace, que je porte dans mon cœur comme un soleil.

C'est étrange, ce qui m'est arrivé avec lui.

Je suis passée par la stupéfaction, la honte, la déception, peut-être même un peu par le déni.

Mais j'ai franchi un cap, tout est pardonné, et la chaleur qui ne me quitte plus est celle d'un amour infini. Je l'ai cherché, accompagné jusqu'au bout, jusqu'à la prison, jusqu'à la mort, et même au-delà, j'ai lavé son corps avec soin, je lui ai rendu hommage, je l'ai tenu dans mes bras, comme une mère, comme une épouse, et même plus que cela. J'ai l'impression de ne jamais avoir connu un tel amour dans ma petite vie terrestre.

Ça me dépasse, il est difficile de dire cela avec des mots.

Tout au fond de l'ennui, surgit la question : qu'ai-je réellement envie de faire ? Mais, avant de faire, qui suis-je ? Toujours la même question, cette difficulté à m'incarner.

Passeur de mémoire, témoin du passé, c'est une belle vocation. Mais on ne peut pas vivre uniquement de cela. De quoi sera fait mon présent, mon éternel moment présent ? Me définir en fonction du passé et de l'avenir (je transmets aux descendants), c'est toujours éviter de vivre dans le présent. D'où la tristesse, le découragement.

Mes ancêtres me murmurent doucement à l'oreille : « Merci, mais vis ta vie ».

Ignace,

Tu es celui que nous avons voulu oublier,
Celui qui nous a déçus, qui nous a blessés,
Celui qui nous a volé le peu que nous avions.
Tu es celui qui nous as apporté la honte.

Nous t'avons effacé de notre mémoire,
Nous n'avions pas le choix.
Nos enfants ont ignoré tes fautes
Pour ne pas en porter le poids.

Aujourd'hui, voici le temps venu
De nous retrouver enfin,
De nous réconcilier.
Aucune vie ne mérite d'être effacée.

Cette histoire ne m'appartient pas,
Les mots seuls sont les miens,
Pour te porter en terre
Où tu pourras enfin reposer.

Comment expliquer mon manque d'émotion suite au cambriolage de notre maison ?

Je me suis étonnée moi-même. Pas de larmes, pas de panique, pas de désespoir. J'ai vécu cela avec un détachement étonnant.

Alors, oui, quand j'ai réalisé que quelqu'un était entré dans la maison, et avait fouillé pour voler, je me suis dit « Oh non ! ». Comme quand j'ai réalisé qu'on m'avait volé mon vélo.

Mais, tout de suite, avec une acceptation de la réalité, comme si je savais déjà que ça devait avoir lieu, quasi comme si je l'avais attendu.

Non, j'ai l'impression que rien de ce qui m'a été pris ne va me manquer. Comme si on m'avait retiré du superflu. Peut-être même suis-je soulagée de ne plus en être encombrée ? Je me raconte sans doute des histoires, influencée par toutes mes lectures. Pourtant, plusieurs jours ont passé, et c'est toujours le même détachement. Je dois me forcer pour y penser, j'essaye de susciter des émotions en revivant ma découverte de la maison. Mais je n'y arrive toujours pas.

Je ne peux m'empêcher de penser à ceux qui ont tout perdu dans les inondations ou les incendies. Je frémis à l'idée d'être privée de mes archives familiales. Décidément, rien d'important ne m'a été retiré.

J'avais toujours pensé que je vivrais ce genre de situation comme un viol de mon intimité. Mais non. J'ai vite tout rangé. Quelqu'un est passé, est parti, et c'est tout. Je ne connais pas ses motivations, mais quelles qu'elles soient, je ne les juge pas. Le monde est rempli de voleurs, on n'y peut rien, c'est à nous de bien nous protéger. Et quelle libération de ne plus avoir de bijoux à voler !

Évidemment, nous avons eu beaucoup de chance. Le voleur n'a rien abimé, même pas la porte qu'il a forcée. Il a semé un peu de désordre dans les zones qu'il a fouillées, mais rien de grave. Une fois rangée, la maison ne porte plus de trace de son passage.

Il est venu, dans la nuit, il est reparti en emportant du superflu, ou du remplaçable. Je n'arrive pas à m'en faire. C'est comme si Ignace m'avait rendu visite, je ne peux m'empêcher de l'aimer malgré tout. Syndrome de Stockholm ? Non, je ne l'aime pas plus que ça, c'est juste que je n'arrive pas à le détester. Je n'ai pas de haine, et cette fois j'ai même du mal à trouver de la colère.

Je ferai tout pour lutter contre lui, je protégerai mieux ma maison, j'aiderai la police à l'attraper, mais c'est tout.

Oui, je me sens attirée par lui comme s'il était une partie de moi-même. De mon grand moi-même, à l'échelle de l'univers. J'ai bien intégré mes lectures, « rien de ce qui est humain ne m'est étranger », je l'accepte comme faisant partie de la réalité. Sans pour autant me résigner ! Mais ici, j'ai l'impression qu'aucune violence ne m'a été faite, rien d'essentiel ne m'a été retiré. Juste l'illusion de posséder des objets pour toujours, une maison-forteresse. C'est vrai, tout peut nous être enlevé, tout, même nos proches, même notre vie. Seul subsiste ce que nous avons donné.

Ce dont je me rends compte maintenant, c'est que ma première réaction (« Oh non ! »), est finalement la même face à tous les imprévus, déboires ou malheurs. C'est toujours la même sensation : est arrivé ce qui pouvait arriver, c'est maintenant et il n'y a rien à y faire. Inutile de se révolter, de s'effondrer : c'était une des possibilités, maintenant elle s'est inscrite dans la réalité.

C'est comme si elle existait déjà dans une réalité virtuelle, et son incarnation peut me surprendre, mais pas me révolter. Tout est possible, la perte des biens, la disparition de ceux qui me sont chers, ma propre mort, et peut-être un handicap, une maladie. Tout est possible, rien ne peut m'étonner.

J'en reviens donc à chercher ce qui ne peut pas m'être retiré, même par ma mort.

J'avais répondu en écrivant : « A la fin, il me restera le feu », et ce n'est pas qu'une figure de style. Une métaphore, oui, parce qu'il me semble impossible de définir cela avec des mots. C'est quelque chose de vivant, de fascinant, qui se multiple ou qui peut être éteint, qui réchauffe et illumine, ou bien qui brule et qui détruit, s'il n'est pas contrôlé. Rien de personnel, donc. La Vie, peut-être. Quelque chose qui me dépasse, qui dépasse ma petite personne, ça c'est sûr.

Ce qui me rend vivante.

Jean-Yves Leloup dit que la seule chose qui ne peut pas nous être enlevée, c'est ce que nous avons donné : c'est aujourd'hui la seule réponse qui me satisfasse.

Plus qu'une image, une sensation.

Je suis couchée sur le côté gauche, et un homme jeune est couché devant moi. Il a la bouche entrouverte, et je respire son souffle. Je respire avec son Souffle.

Comme je ne dors pas, je m'étonne : je sais que d'habitude je n'aime pas cela, respirer l'air qu'exhale quelqu'un d'autre, tiède et chargé. Mais là, c'est différent. Tout mon être n'aspire qu'à cela, partager son souffle. Je suis attirée par lui, par cela.

Tout comme je m'étonne d'être attirée par le personnage du voleur qui est entré chez nous.

Le voleur, c'est Ignace.

Et, oui, je l'aime de tout mon coeur !

Il fait partie de mon ombre.

Maintenant que je l'ai retrouvé, je me sens plus entière. Il était bien « la drachme perdue ».

Je suis si heureuse de l'avoir retrouvé.

ILYAS

Il y a un mois, j'ai été surprise de recevoir un courrier du Ministère de la Justice : le jeune homme qui m'a arraché mon sac a été appréhendé, et je suis invitée à assister à l'audience.

Le tribunal de la jeunesse, c'est un monde à part. Aux rares personnes à qui j'en avais parlé, il était difficile d'expliquer mes motivations : si j'y allais, c'était par curiosité, mais je n'avais vraiment pas l'impression que c'était une curiosité malsaine. Je voulais voir où et comment ça se passait, et puis je voulais aussi voir mon voleur. Ilyas. Etrange coïncidence. Troublante ressemblance.

La journée fut instructive, même si l'affaire a été reportée : je l'ai vu, lui !
Nous étions assis assez près l'un de l'autre, dans la salle d'attente. Malheureusement, nos regards ne se sont pas croisés : il était en permanence tourné vers l'arrière, vers son père, qui lui parlait à l'oreille. Lui ne disait rien, il semblait écouter attentivement, en chipotant une mèche de ses cheveux, comme recroquevillé sur sa chaise.

Évidemment, avec les masques, on ne voit pas le visage, ni les expressions, mais me tenir en sa présence a déjà été une petite aventure pour moi.

Je ne sais pas exactement à quoi je m'attendais, mais j'avais sans doute un peu en tête le scénario « Ignace », je m'attendais à ce qu'il sorte d'une institution, qu'il arrive contrit et encadré par des éducateurs. Mais non. On aurait dit un élève et son père assis en train d'attendre leur tour pour aller chercher le bulletin de fin d'année.

J'ai appris qu'au tribunal de la jeunesse, ils savent qu'ils ne risquent pas grand-chose. Moi qui rêvais d'un électrochoc, d'un revirement pour regagner le droit chemin, je sens que je vais repartir avec mes bons sentiments et mes illusions sous le bras. « Ignace » n'en est pas encore aux regrets ni aux remords, il a encore un bel avenir de délinquant devant lui. J'ai bien peur que son passage devant la justice ne change rien pour lui.

Tant pis, je serai quand même là à la prochaine audience, je m'abstiendrai de dire quoi que ce soit, et je le regarderai sans jugement. Même si techniquement je serai là pour demander justice, j'essayerai de ne pas jouer ce rôle-là, j'essayerai d'être juste là.

Je me rends compte maintenant que le regarder avec beaucoup de bienveillance n'est pas suffisant. Je devrai aussi être ferme, bien redressée. Et centrée pour éviter une attitude agressive. On verra bien. Mais je sens bien que pour moi il n'y aura rien d'autre à faire. Pas de message à faire passer, pas de morale, ni de pardon à octroyer. Mais pas de haine non plus, pas de mépris ni de vengeance. Et surtout pas de peur !

Depuis l'autre jour, je ne cesse de penser à Ilyas, que je ne reverrai que dans trois mois. Je voudrais tant qu'il comprenne ses erreurs, qu'il change.

Sans doute n'est-ce pas un hasard si j'ai découvert aujourd'hui la chanson de Kery James :

Banlieusard et fier de l'être
On n'est pas condamné à l'échec

Ce texte me touche profondément, l'interprétation de l'artiste est puissante. C'est exactement ce que je voudrais qu'il entende (mais ce n'est évidemment pas moi qui peux le lui dire) : tu vaux mieux que ça, tu es le capitaine de ta vie, sois fier et courageux, pour pouvoir vivre debout, dignement.

Je ne peux m'empêcher de formuler dans ma tête ce que je pourrais lui dire, ce que je pourrais lui répondre. Je choisis mes mots, pour qu'ils soient le plus justes possible. Peut-être finirai-je par les écrire.

Je viens de prendre connaissance de son dossier répressif.

Je reste sans voix, terrassée par l'impuissance.

Depuis trois ans, ce jeune n'a tiré aucun profit des mesures d'accompagnement mises en place pour lui. Il est clairement violent, en actes et en paroles.

Qui suis-je pour espérer le remettre sur le droit chemin ? Je ne peux qu'espérer, prier diraient ceux qui ont une religion. J'espère que la justice sera juste, ni trop indulgente ni bêtement répressive. Il me semble qu'envoyer ce voyou en prison n'aurait qu'un effet : celui d'en faire définitivement et irrémédiablement un hors-la-loi.

Ne perdons pas la foi.

Après les mois d'obsession Ignace, me voilà hantée par Ilyas.

Oui, je l'avoue, je voudrais le sauver. Je vois tellement de similitudes avec les débuts d'Ignace que je ne peux m'empêcher d'y voir plus qu'un hasard. Mais ce n'est pas moi qui importe.

Je rêve de devenir son amie, ou son mentor, je pourrais l'aider à continuer ses études, je m'imagine déjà aller chez lui pour superviser son travail. C'est du délire ! Pour l'instant, je ne suis que celle qui demande justice, celle qui l'a fait tomber. Il ne peut que me détester. C'est dur à accepter. Et je ne peux pas le sauver contre son gré.

Cependant, en moi, celle qui se tait d'habitude s'est levée, a osé montrer son visage et demander justice. C'est un bon début.

Je veillerai désormais à rester moi-même, centrée, ancrée, redressée, et suffisamment souple pour tout accueillir. Merci Thierry [4] ! Ton enseignement commence à porter ses fruits. Je ressens la nécessité de l'ancrage, comme j'ai pu le pratiquer en présence d'Ilyas. Je vois ma tentation de vouloir le sauver, envers et contre tout. Et hier, cette difficulté à jouir de mon présent en ayant en tête la misère d'autrui. Non, je ne vais pas rajouter de la souffrance à la souffrance, et ça passera par le souffle.

Pour la suite, arrêtons de divaguer, d'imaginer des scénarios plus qu'improbables. Arrivera ce qui doit arriver. Je peux continuer à penser à lui, juste à lui, et espérer de tout mon cœur un changement, une rédemption. Je continuerai à observer ce qui se passe en moi, et je suis curieuse de ce qui adviendra.

Je suis un cheval

Je suis forte comme un cheval
   prête à porter sur mon dos
   celui qui en a besoin

Les quatre pattes bien plantées au sol
   quatre
   comme la terre
   carrée

Je suis puissante comme un cheval
   cheval de labour
   cheval de voyage
   cheval compagnon

Mes pattes dans la terre
Et la crinière au vent

Soudain, une évidence : cet amour infini, bouleversant, que je ressens pour Ilyas, ce n'est pas moi qui l'éprouve, mais le Soi. Mon petit moi n'est pas capable d'aimer comme cela, de pardonner. Il avait un peu le sentiment d'être un imposteur, et ce n'est pas faux : disons plutôt qu'il est une caisse de résonance. Ce n'est pas moi qui aime, c'est plus grand que moi qui aime à travers moi. Mais il n'y a que moi qui peux le dire.

Jean-Yves Leloup a dit que quand l'Esprit, l'Amour déborde, il est nécessaire d'en témoigner.

C'est sans doute cela que je ressens, avec la même urgence que pour écrire l'histoire d'Ignace (lapsus : j'ai failli écrire : Ilyas).

L'écrire, oui d'abord, mais aussi le vivre. Intensément, pleinement.

Je n'ai jamais aimé mon prénom, j'ai toujours eu du mal à m'y identifier.

Aujourd'hui, je réalise ce qu'il signifie : Pascale, c'est Pâques, la résurrection. Je me réconcilie enfin avec mon nom, je me l'approprie. Comme Ignace et Sophie - le feu et la sagesse -, je le réalise.
Pascale la ressuscitée, oh oui.

Je suis passée par une petite mort, mais me voilà plus lumineuse qu'avant, plus sereine, plus forte aussi.

J'ai vécu une belle rencontre avec un marchand de vêtements népalais, tout à l'heure. Au-delà de son français peu compréhensible, nous avons échangé de cœur à cœur. Un homme bon et honnête, apaisant. Il me console de tous les voleurs, de la violence, des agressions.

J'ai l'impression qu'avant, je n'aurais vu qu'un marchand.
Aujourd'hui, j'ai rencontré une âme, belle et douce.

Certains jours plus que d'autres, j'en reviens quand même toujours à penser à mon voleur. Cependant, avec le temps, ma perception, ma pensée s'affine.

Au début, je le reconnais, j'avais une nette envie de le sauver. Mais on ne sauve personne sans son consentement.

Ensuite, il y a eu cette distinction entre ce qui vient de moi, et ce qui vient d'au-delà de moi : l'amour inconditionnel n'est clairement pas de ce monde. Reste que ma petite personne croit qu'elle n'a pas croisé sa route par hasard, et elle rêve d'avoir un rôle à jouer. Pour le sauver ? Ah la la !

A la lecture d'un livre sur l'histoire du vol[5], je reviens à ce constat : il y a toujours eu des malfaiteurs, et il y en aura toujours. Le combat entre voleurs et gendarmes est une lutte sans fin. Finalement, il ne faut pas tenter le diable : c'est aussi aux propriétaires à se prémunir, à être prudents.

La propriété, « fruit du travail et de l'épargne », est une notion bien ancrée, mais quand même relative. Ce qu'on a de superflu n'est-il pas en quelque sorte volé à ceux qui en ont besoin ?

C'est en effet souvent la nécessité qui contraint au vol, mais l'envie est aussi un moteur puissant. Comment faire disparaître cette envie ? Comment ne pas en être la cible ? La question est complexe, ce n'est pas qu'une affaire de signes extérieurs de richesse : on vole aussi les pauvres, parce qu'ils se protègent moins bien.

On est donc tous susceptibles d'être volés, et on le sera toujours, autant en être conscients. Cette idée est même libératrice : nos possessions nous enchaînent, par définition elles sont éphémères. Autant ne pas s'y attacher pour éviter de souffrir de leur perte.

Mais Ilyas ? En essayant de mettre de côté les jugements de valeur (« voler, c'est mal »), la question est qu'il choisisse sa vie, et pas qu'il la subisse. N'a-t-il pas été entraîné par d'autres ? Est-il content de lui quand il ne se fait pas prendre ?

Voler, c'est parfois une revanche, un défi peut-être, ou même une jouissance, mais ce n'est pas un métier. A dix-huit ans, n'a-t-il pas d'autres rêves ?

Ilyas vit dans un quartier défavorisé. La pauvreté, le chômage, le manque de perspective se heurtent aux bourgeois aisés qui ont récemment investi la zone, si vivante et si pittoresque.

Les bandes de jeunes trainent dans l'ombre des trottoirs, leur seul loisir semble être l'organisation de mauvais coups. Ils vivent dans des appartements étriqués et insalubres, leur vraie famille est dans la rue. Et s'ils commettent des petits délits, c'est pour s'amuser, pour faire partie du groupe, montrer qu'ils sont capables d'avoir ce courage-là. Ensuite vient l'adrénaline du risque, l'exaltation de la victoire. Le triomphe.

Ceux qui travaillent gagnent très peu, et l'argent est si facile pour qui ose le saisir, pour qui est capable de fermer le poing et de courir vite.

Je vais essayer d'arrêter mes projections. Après tout, Ilyas n'est pas Ignace. L'époque n'est pas la même. Aujourd'hui, les jeunes délinquants ne risquent pas gros.

Il n'a pas besoin d'être sauvé.

J'irai à l'audition comme la fois passée, sans objectif.

A priori, ce garçon n'a pas besoin de moi.
Et moi, je n'ai pas besoin de lui.

Ce jour-là, un voleur a brisé ma vitre, a arraché mon sac. Si je vais à l'audience, c'est pour le voir au-delà du rôle qu'il a joué.

Ce jour-là, moi j'étais « la riche qui passait en voiture dans son quartier ». J'ai encore l'illusion qu'il pourrait me voir telle que je suis aussi, au-delà des personnages que nous avons incarnés.

En tout cas, c'est clair pour moi : il n'est pas un voleur, même s'il a volé, une fois, dix fois, cent fois. Il a la liberté de devenir qui il veut. S'il veut être un voleur, il peut. Mais il peut aussi être juste lui-même, un homme libre qui choisit.

Je ne vais pas dire que ce qui s'est passé ce jour-là n'est rien, que c'est oublié. Non, c'était très violent. Mais si je ne suis pas restée traumatisée, c'est parce que j'ai choisi de transformer ce qui m'était arrivé. Des personnes sont venues à mon secours : j'ai compris que le monde est ainsi fait, il y a ceux qui aident, et ceux qui violentent. Il y a un équilibre.

Mais surtout, il m'a fait comprendre que tout peut nous être enlevé. Tout ce que nous croyons posséder. Et que l'essentiel n'est pas dans ces prétendues possessions.

Lui aussi, il peut choisir de transformer ce qui lui arrive. Il peut considérer que ce n'est rien, ou que c'est injuste. Mais il peut aussi en faire autre chose, une opportunité de transformation.

Moment de calme, de silence, d'introspection.
De retour à moi.

Où en suis-je ?

J'enseignais,
Je courais,
J'organisais,
Je soutenais,
Je distribuais,
J'encourageais,
Je travaillais.
Je m'épuisais.

Et puis soudain
Tout s'est arrêté.

Le silence autour de moi.
Et le monde continue à tourner
Sans moi.
Je me suis évaporée.
Je ne suis plus là
Et rien ne manque au monde.

Je suis entrée dans une autre temporalité.

J'ai appris la patience des arbres,
J'ai regardé nager les canards sur l'étang.
J'ai respiré tout doucement,
J'ai fermé les yeux.

Je suis partie ce jour-là.
Une porte s'est ouverte sur la lumière,
Et la paix est venue dans un sourire.

Jeudi passé, c'était l'audience. Je reconnais que ça fait trois mois que j'attendais ce jour. J'y ai beaucoup pensé, je pense avoir fait un peu de chemin. Dans ma tête, du moins. Aussi, j'ai été très étonnée de constater l'énorme tension musculaire qui m'habitait, alors que j'allais prendre le bus, une heure à l'avance, pour être sûre de ne pas être en retard. J'avais les mâchoires crispées. J'ai essayé de respirer à fond, de me détendre. Etant donné que je suis évidemment arrivée bien trop tôt, j'ai été faire un tour, et finalement je n'étais plus tellement en avance. Je pense que marcher m'a fait du bien.

A l'intérieur du palais de justice, j'étais détendue, sereine, attentive.

Très vite, j'ai appris que la séance allait être reportée. Quelle frustration ! Ilyas est en détention, il est passé en chambre du conseil ce matin, et va probablement être libéré. Mais il vaut mieux reporter, pour qu'il soit présent. Evidemment.

Ça a donc été vite fini.

Je suis sortie en me disant: « Qu'il aille au diable ! » Moi qui l'imaginais déjà repentant, prouvant qu'il avait compris, qu'il s'était repris en main et avait des projets positifs pour son avenir. Quelle blague ! Il a continué les conneries. Et moi qui me voyais déjà l'aider, c'est à mourir de rire. De rire jaune. Je suis ressortie avec mes bons sentiments sous le bras. Découragée. Oui, c'est ça finalement : le moral dans les chaussettes. Tristesse et colère, contre lui.

Je fais évidemment le parallèle avec Ignace (oui, je confonds encore parfois les prénoms). Quand j'avais été consulter les archives du procès d'assises, j'étais revenue totalement découragée : il n'y avait que de la noirceur, aucune circonstance atténuante, rien. Il aura fallu que je voie - et que j'accepte - toute sa négativité pour que, au-delà, j'entre vraiment en contact avec lui, et que quelque chose se dénoue.

Et si c'était pareil pour Ilyas ? Je ne lui parlerai sans doute jamais, je ne l'aiderai pas directement, mais rien ne peut m'empêcher de penser à lui en ouvrant mon coeur (certains diraient « prier »). Il parait que ça marche ! C'est donc ce que je fais, je respire à fond, je pense à lui et il est dans mon coeur, dans ma cage thoracique.

Il a croisé mon chemin, c'est lui qui est venu vers moi, et j'ai maintenant l'opportunité de suivre ses déboires judiciaires. Je ne peux croire au hasard, j'ai l'impression que quelque chose d'important et de confus se joue là, entre nous. Je vais aller jusqu'au bout, on verra bien où tout cela me mènera. Pour l'instant, j'observe, j'apprends.

Je vais déposer mon armure de guerrière. Non, je ne vais pas tenter de le sauver, surtout pas malgré lui. Mais je vais continuer à garder espoir.

Les mois ont passé, et l'audience a enfin eu lieu. Ilyas est arrivé menotté, serré de près par deux policiers, attentifs à ce que le fauve tenu en cage ne profite pas de l'occasion pour frapper, pour s'enfuir.

Que dire ? Tant de gâchis, de violence, de temps perdu. Tant de détresse, de tristesse.
J'ai peu d'espoir, et pourtant, je veux encore espérer.

Il y a en lui une telle violence, un tel feu ! Il suffit d'un rien pour déclencher sa rage, il est terrible, il pourrait tuer.
Et, pourtant, on nous a bien montré son autre visage, altruiste, serviable, aimable.
Janus bifrons.

Il a trouvé une famille dans la rue, pour suppléer celle qu'il ne trouvait pas à la maison. Dans la bande, il a trouvé de l'amour, de la reconnaissance, mais pour cela il fallait faire ses preuves : avoir le courage de voler, d'agresser.
Sa loyauté envers ses amis est sans faille, mais il est allergique à toute forme d'autorité. C'est ce qui a posé problème lors de chacun des placements, à

chaque fois plus de contrainte, à chaque fois plus de violence, contenue, ou qui explose.

Alors, aujourd'hui, en prison ? Encadré par deux policiers armés, il semble soumis. Mais il est évident que rien de bon ne peut advenir dans de telles conditions.

Fallait-il un électrochoc ? Sans doute. Mais l'emprisonnement n'a que trop duré. Il emmagasine de la haine, de la rage. Et il risque de ne rencontrer là-bas que des hommes capables de l'emmener encore plus loin dans la violence.

Je ne peux m'empêcher de penser à lui, de m'inquiéter pour lui. J'aimerais tellement qu'il se réalise, qu'il puisse révéler qui il est vraiment. Et il ne s'agit pas de jugement, de bien et de mal. « Revenir sur le droit chemin », c'est subjectif. Mais cette violence qu'il exprime se retourne contre lui, elle ne le mène qu'à une impasse.

Jusqu'à présent, entre les autorités et lui, c'est un dialogue de sourds. Il a longtemps été enfermé, et il n'en a rien retiré, si ce n'est qu'on l'empêchait de mener à bien ses projets.

Le voilà à nouveau derrière les barreaux, à ruminer sa rancune envers une société qui ne lui a pas fait de cadeau, à se considérer comme l'éternelle victime d'un système injuste et cruel.

Je réalise maintenant que personne ne peut le sauver, si ce n'est lui-même. Le jour où il acceptera de voir la réalité telle qu'elle est, avec ses côtés sombres et ses côtés lumineux, il pourra choisir ce qu'il veut en faire. Quand il comprendra que l'autorité juste ne peut être qu'intérieure, il trouvera son chemin.

Il est passé devant moi, devant nous, sans lever le regard. Croiser mes yeux aurait sans doute été une humiliation pour lui. Il ne pouvait pas savoir qu'il n'y aurait vu aucun triomphe, seulement une énorme compassion, tant d'amour pour lui, malgré tout.

MARCHER ET DEMEURER

Au-dessus du village, les falaises forment un cirque impressionnant, resplendissant sous le soleil brulant du mois d'aout. Ce matin, j'ai envie de marcher, et j'ai choisi une courte promenade au nom interpellant : « le bout du monde ».

Le chemin commence par suivre un ruisseau, qu'il faut parfois traverser à gué. Le coeur léger, j'entre dans ce monde qui m'accueille.

Première pause au bord de l'eau, qui glougloute à l'ombre, dans une ambiance de matin du monde. La fraicheur, l'eau qui coule, la végétation, le soleil qui perce par endroits, tout me parle.

Autre pause un peu plus loin, plus à l'ombre encore. L'eau est cristalline, les pierres du fond sont d'une netteté parfaite, seul m'en sépare cet écran absolument transparent, à peine troublé par le courant et le souffle de l'air. Au loin, une cascade chante sur les rochers. Je trempe mes mains dans l'eau, d'une fraicheur absolue. Gratitude.

En reprenant mon chemin, sur la droite, une petite clairière attire mon regard : au milieu des arbres, un grand rocher plat m'appelle. Je m'avance, et m'installe sur mon trône !

Ensuite, le sentier se perd de plus en plus dans les rochers. Il faut faire demi-tour. C'est le bout du chemin, barré par la falaise. Le bout du monde.

Alors que je cherche ma route, une branche arrache mon chapeau, qui tombe à terre. La nature m'impose le respect, elle m'aide à abandonner ma tête, mon mental. J'ai reçu ses bienfaits, et celui-là n'est pas des moindres.

Avant de rebrousser chemin, je vais laver mes mains dans le ruisseau.
Je suis prête à rejoindre le monde.

C'était plus qu'une promenade, c'était un voyage intérieur. Une initiation. Un cadeau.

J'écris pour me souvenir d'une belle et étrange expérience que j'ai vécue hier.

J'étais dans un grand magasin, assise à attendre qu'on s'occupe de moi. J'étais là, dans ce lieu grouillant de monde, et je regardais les gens. Sans même y penser, sans but ni préméditation, je me suis mise à regarder chacun d'eux comme si c'était mon enfant. Peu importait l'âge, la couleur de peau, je suis arrivée, à chaque fois, quasi instantanément, à avoir ce regard, et, la magie, c'est qu'à chaque fois, j'ai vraiment ressenti de l'amour. Pour chacun d'entre eux. Je les regardais avec le coeur d'une mère, sans jugement, juste avec amour.

C'était incroyable ! Je n'en revenais pas moi-même. J'ai continué l'expérience, j'ai tenté les gens les plus improbables, ceux qu'en temps normal j'aurais jugés, trouvés moches ou vulgaires, ridicules ou idiots. Et bien, non, c'était incroyable. Même les vieux qui avaient l'âge d'être mes parents, j'avais pour eux cet élan d'amour inconditionnel, sans jugement. Ils étaient comme ils étaient, comme mes enfants.

Et, le plus incroyable encore, c'est que j'avais alors l'impression de capter l'essentiel de leur personnalité. Je me sentais capable de dire quelque chose à propos de chacun d'entre eux, et à ce moment le mental a essayé de reprendre le pouvoir, il regardait l'attitude, les vêtements. Non, ce n'était pas cela.

Il fallait me détacher, les regarder avec le coeur d'une mère, et puis c'était au-delà des mots. Je me sentais proche de chacun d'entre eux. Intime. Oui, je dirais que c'était au-delà des personnalités. Que je voyais, bien sûr, souvent avec des blessures, mais parfois rayonnantes. Si je ne craignais pas d'affirmer ce dont je ne suis pas sûre (enfin, ce que mon mental ne peut pas vraiment comprendre, et certainement pas contrôler), je dirais que je voyais leurs âmes. Oui, c'est cela.

C'était très, très fort. Très beau, très doux, très joyeux. De l'amour à l'état pur.

J'ai joué à ce jeu assez longtemps. Puis je me suis sentie très fatiguée, je me suis dit : « stop ». Mais j'ai eu du mal à renoncer à cette expérience incroyable.

Je viens de commencer la lecture du nouveau livre de Marie-Louise Labonté, « Traverser la nuit noire de l'âme[6] ». Comme souvent, c'est un bouquin que j'ai acheté en pensant qu'il serait utile à autrui, et en le lisant je découvre qu'il m'est particulièrement destiné.

Elle parle des nuits noires qu'elle a traversées, et c'est comme si elle me rappelait ce que j'ai vécu. J'en compte deux, espacées dans le temps, très différentes.

La première à dix-sept ans, l'expérience du néant qui attire, qui aspire même. Et ma personne, vue de l'extérieur, n'est plus qu'une marionnette, vide. J'aurais pu me perdre dans cette nuit-là, l'effroi était tel que quelque chose en moi a eu le réflexe de fermer les yeux. J'ai préféré continuer à vivre, tant pis si c'était comme une marionnette. Ça a été l'époque des comportements suicidaires, non pas que j'aie réellement voulu en finir, mais cette carcasse n'avait plus aucune importance. Je me suis laissée entraîner par le flot, « insoucieuse de ma personne », sans guide ni gouvernail. Ce n'était pas le bateau ivre, non, c'était plutôt le bateau perdu, à la dérive. J'avais lu Rimbaud, mais ne le prenais pas consciemment pour modèle.

Deuxième nuit noire, bien plus tard. J'ai fondé une famille : un mari, trois enfants. Un métier, une maison. Et pourtant, le vide m'envahit de nouveau. Le corps perd son énergie : mononucléose, hypothyroïdie. Je me fais violence, continue à marcher « parce qu'il le faut ». Je n'écoute aucune voix intérieure, j'ignore même qu'il puisse en exister une. Je débranche une à une les prises qui me relient à la vie. Je renonce à mes besoins. Des idées de suicide tournent en boucle dans ma tête, elles m'attirent, et si je ne les concrétise pas c'est parce que je me l'interdis. J'y pense tellement (en pleurant sur moi-même, quand même), que j'ai enfin trouvé la meilleure façon d'en finir. Ce qui est important, de nouveau, ce sont les autres : mon corps doit être retrouvé, sinon c'est pire encore (et pourtant, c'est ce à quoi j'aspire le plus, juste disparaitre). Il faut simuler un accident, pour éviter que les proches culpabilisent. J'ai pensé à tous les détails, je vis le scénario en pensée.

C'est une période de vide abyssal. Au creux de moi il n'y a plus que ce vide, que je cache à mon entourage. Je continue, comme un automate, je donne le change.

Est-ce vraiment passé ? Peu à peu, ça va mieux, parce que j'essaye de me distraire dans le travail. Le vide est sans doute toujours là, mais il n'apparait plus dans mes pensées. Mon quotidien est saturé par mes obligations, mes dévouements et mes passions. J'ai réussi à oublier l'effroi des questions sans réponse.

Et, soudain, c'est mon corps qui lâche.

Mais je ne ressens aucun vide, aucune perte de sens. Au contraire, je vois très vite cet arrêt comme une opportunité d'ouverture à l'indicible, une étape indispensable avant la renaissance. Une image s'impose, celle d'une porte qui s'entrouvre sur une lumière intense, une réalité autre, qui me brulerait les yeux, mais qui est là et qui m'appelle. Une lumière, qui m'aide à sentir la Source en moi. Ce que je vis la première année d'arrêt est vraiment initiatique, mystique. Et je ne peux m'empêcher de penser que c'est à travers le deuil que Maman m'a montré cette réalité. J'ai traversé quelque chose avec elle, c'est son amour que j'ai senti, et qui m'a ouvert les yeux et le coeur.

Depuis lors, même si je le vis avec une intensité variable, cette lumière ne me quitte pas. J'aurais envie de dire que j'ai changé, mais non, il est plus juste de dire que je suis revenue à l'essentiel, à mon être profond. J'ai retrouvé la joie de mon enfance, que j'avais oubliée, enfouie.

L'énergie n'est plus celle d'avant, elle ne le sera sans doute plus jamais. Mon mental surpuissant me poussait toujours plus loin, au mépris de mon corps, que j'ai enfin appris à écouter. Il a ses saisons, et s'il ralentit, je l'accepte.

Mon égo, comme un singe survolté, est très satisfait de ce nouvel état, et il est là, surexcité, à demander : « Et maintenant, qu'est-ce qu'on fait? ».

Je ne sais pas.

De plus en plus, je ressens l'envie et le besoin de partager ce que j'ai vécu.

Ma première idée était de revenir sur l'histoire d'Ignace, et de raconter comment cette rencontre s'est imposée, à travers les vols, puis la révélation, l'enquête, et pour finir, la communion, par-delà la mort. Retrouvailles qui se prolongent aujourd'hui avec Ilyas.

Mais je me dis que c'est indissociable de mon histoire initiée à dix-sept ans, c'est tout un cheminement. On pourrait dire que c'est initiatique, et c'est vrai que c'est une renaissance.

Je réalise de plus en plus que ce qui m'a toujours animée, depuis mon enfance, c'est l'écriture. Toute petite déjà, j'écrivais des rédactions pour le plaisir.

Et si je me suis perdue, dans ma vie, c'est d'avoir arrêté d'écrire. Pour ne plus m'occuper que des autres, pour leur apprendre à écrire.

Revenir à la vie, ce sera peut-être ça : accomplir mon projet d'adolescente, comme je l'avais consigné dans mon journal intime.

Devenir écrivaine.

Le calme après la tempête.

Je me suis noyée dans la colère et dans le désespoir. Mais comment ai-je pu me mettre dans des états pareils ?

Ce que je ressentais, c'était un profond découragement. Plus aucun espoir. L'envie de mourir, de disparaitre. De nouveau. C'était comme une tempête, qui dévastait tout. Mais heureusement, comme toutes les tempêtes, elle a fini par se calmer. Par passer.
Me voilà, un peu hébétée, assez épuisée, à contempler ce qui s'est passé.

L'enseignement essentiel, c'est que je me berce d'illusions quand je pense que plus rien ne peut m'atteindre, que j'ai acquis un niveau de sérénité qui me rend intouchable. C'est plus rare, plus difficile de me déstabiliser, mais quand ça arrive, c'est un tsunami ! Je retombe dans ma noirceur. Rien n'est linéaire, nous avançons tous en spirale. Je suis repassée par une case que je connais bien, et ça a été violent. Mais plus bref. J'ai vu ce paysage familier, les goules hurlantes qui détruisent toute vie, toute envie de vivre.

Je le vois maintenant. Si je ressors de tout cela un peu plus humble, ce sera bien. Mon égo a tendance à bien aimer l'inflation, à se sentir tout-puissant.

Un jour sombre, un jour lumineux, mon chemin continue à serpenter entre les collines. Parfois il a envie d'escalader les sommets, parfois il plonge dans les profondeurs, et parfois il est tenté de s'arrêter.
C'est un chemin bien ordinaire, mais c'est le mien.

C'est le nôtre.

Ce n'est pas moi
qui écris l'histoire de ma vie,
c'est la Vie
qui écrit une histoire à travers moi.

Et quand elle arrivera à son terme,
je pourrai la lire
et en découvrir le sens.

Notes

[1] Maurice NADEAU, *Histoire du surréalisme,* Points, 1970

[2] Michel FROMAGET, *La drachme perdue*, Editions Grégoriennes, 2010

[3] Jean-Yves LELOUP, *Anamnèse essentielle: une révolution intérieure*, dans *Les Odyssées de la Conscience,* enseignement en ligne : elearning.jeanyvesleloup.eu

[4] Thierry Janssen a fondé l'Ecole de la Posture Juste (EDLPJ), une école pour prendre soin de la Vie en nous et autour de nous

[5] Arnaud-Dominique HOUTE, *Propriété défendue; La société française à l'épreuve du vol, XIXe XXe siècles*, Gallimard, 2021

[6] Marie-Lise LABONTE, *Traverser la nuit noire de l'âme et renaitre à soi*, Guy Tredaniel, 2022

Remerciements

Je tiens évidemment, tout d'abord, à remercier ma famille, mes proches, qui m'ont toujours soutenue, entourée d'un amour sans faille.

Vincent, mon époux, a été mon premier lecteur, et ses remarques pertinentes m'ont aidée à progresser.

Mais j'ai également pu compter sur l'aide de professionnels, et je pense à quelques personnes en particulier.

Kaï de Taisne, ma psychanalyste, m'a accompagnée dans l'exploration de l'inconscient. Elle m'a initiée à la richesse du monde onirique, éclairée notamment par les intuitions jungiennes. Elle m'a montré le chemin de l'apaisement, de la mémoire et de la réconciliation.

Thierry Janssen, à travers les cours de l'Ecole de la Poste Juste (EDLPJ), m'a appris à voir les blessures de ma personnalité, et à tenter de les guérir en les regardant avec amour. Il m'a aidée à m'ancrer, à me redresser, à m'exprimer, à me centrer et à me détendre. Cet enseignement initiatique m'a menée à la paix et à la joie, en conscience, le coeur ouvert.